망가진 책에 담긴 기억을 되살리는  어느 책 수선가의 기록

망가진 책에 담긴 기억을 되살리는

어느 책 수선가의 기록

재영 책수선
지음

위즈덤하우스

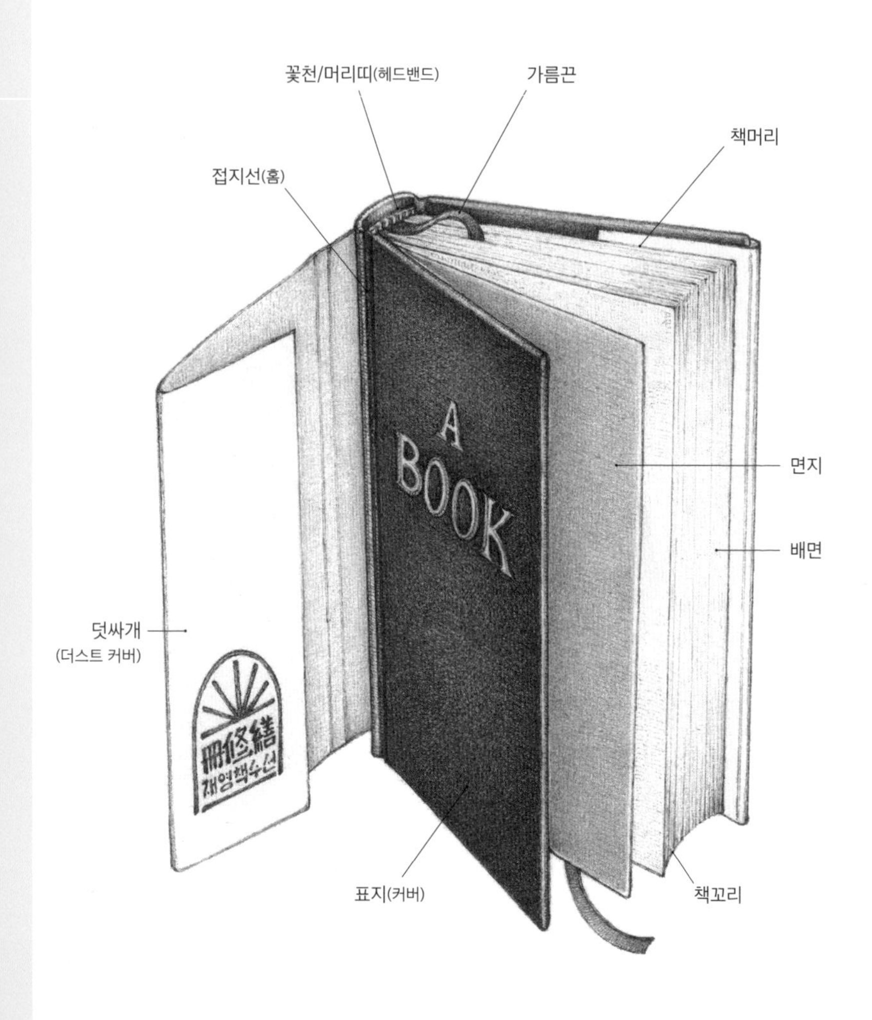
꽃천/머리띠(헤드밴드)
가름끈
책머리
접지선(홈)
A BOOK
면지
배면
덧싸개
(더스트 커버)
재영책수선
표지(커버)
책꼬리

프롤로그

내 직업은 책 수선가다

책 수선가는 망가진 책을 수선한다.

*

나는 망가진 책의 기억을 관찰하고, 파손된 책의 형태와 의미를 수집한다.

*

책 수선가는 기술자다. 그러면서 동시에 관찰자이자 수집가다. 나는 책이 가진 시간의 흔적을, 추억의 농도를, 파손의 형태를 꼼꼼히 관찰하고 그 모습들을 모은다. 책을 수선한다는 건 그 책이 살아온 삶의 이야기에 귀를 기울이고, 그런 모습들을 존중하는 마음이다.

*

이 일을 한 지 올해로 8년째다. 곤충과 식물 채집하기를 좋아했던 1996년도의 나는 어른이 되어서 망가진 책 수집하기를 좋아하게 될 거라고는 상상하지 못했다. 유리를 불고 포토샵과 일러스트레이터, 인디자인을 다루던 2004년부터 2012년의 나는 그 이후로 이렇게 책을 수선하며 살아가게 될 줄 전혀 몰랐다. 책 수선을 처음 배웠던 2014년의 나는 앞으로 망가진 책을 고치게 될 줄만 알았지, 이렇게 새 책을 출간하게 될 줄은 예상하지 못했다.

*

이 책에는 리디셀렉트에 2020년 9월에서 2021년 5월 사이에 연재했던 글 스물한 편과 새로 쓴 아홉 편의 이야기가 담겨 있다. 그간 개인 의뢰로 받은 파손된 책들을 보고 만지고 수선하며 쓴 독후감이라 생각해도 좋겠다.

*

이 책을 읽고 사람들의 마음속에 수선을 해서 간직하고 싶은 책이 한 권씩 떠올랐으면 좋겠다. 어린이들이 장래희망을 이야기하면서 책 수선가를 꿈꾸는 일이 생겼으면 좋겠다. 그런 일들이 보다 흔한 일상이 되었으면 좋겠다.

Special thanks to

낯설고 생소했을 책 수선가인 저에게
본인의 소중한 책들을 선뜻 맡겨주신
지난 115명의 의뢰인들께 진심으로 감사드립니다.

낯설고 불안정해 보였을 책 수선가인 저에게
끊임없는 지지와 사랑을 보내준 가족들에게
더 큰 사랑으로 적습니다. 사랑해요.

차례

살아남는 책

부모님 집의 커다란 책장엔 내가 기억하는 동안은 언제나 똑같은 자리에 꽂혀 있는 책들이 있다. 당연히 새 책은 아니고 종이가 모두 누렇게 변했을 정도로 오래된 것들이 대부분이다. 그에 비해 나의 책장엔 여전히 새하얀 종이 색을 뽐내는, 당장 어제 공장에서 만들어져 나온 책이라고 해도 믿을 만큼 깨끗한 것들이 더 많다.

그런데 부모님의 누런 책들과 나의 하얀 책들 중 과연 100년 후에도 살아남아 있을 책은 어느 쪽일지를 생각해보면 난 사실 이미 오래될 대로 오래된 책들로 마음이 더 기운다.

이유는 단순하다. 그 누런 책들은 부모님이 굳이 버리지 않는 이상 앞으로도 영원히 그 자리에서 사람 손을 타지 않고 가만히 자리를 지킬 것이기 때문이다. 설령 언젠가 내가 그 책들을 물려받게 되더라도 그게 부모님의 유품이라는 감정적인 이유에서든, 오래된 책을 수집하는 나의 취향 때문이든, 이제는 절판되어 구할 수 없다는 희소성 때문이든, 한동안은 똑같은 새 책이나 중고책으로도 쉽게 다시 구할 수 있을 새하얀 책들보다는 당연히 호기심이 더 많이 갈 것이다.

만약 세상에 사람 말을 알아들을 수 있는 책이 있다면, 폐지가 되지 않고 오래 살아남고 싶은 책이 있다면 알려주고 싶은 팁이 세 가지 있다. 우선 첫 번째는 누가 봐도 귀하거나 중요한 책이 되는 것이다. 쉽지는 않겠지만 가장 확실한 방법이다. 예를 들어 《구텐베르크 42행 성경》과 같은 책으로 태어나면 온 세계가 나서서 지켜줄 것이기 때문에 살아남는 일은 별로 걱정할 필요가 없다. 두 번째는 책을 무척 아끼는 사람의 집으로 가는 거다. 책을 좋아하는 사람이라면 대부분 물리적으로도 책을 아끼기 때문에 운이 좋으면 망가지더라도 버려지지 않고 나 같은 책 수선가에게 데려가줄 가능성이 높다.

마지막 세 번째 팁은 역설적이게도 인기가 없는 책이 되어 사람들의 기억에서 잊히는 방법이다. 이건 약간의 운도 필요하다. 인기가 없어도 너무 없는 책은 폐기처분될 위험도 많기 때문에 그 정도는 곤란하고, 계속 서점에 진열될 명분은 있되 사람들에게 깊은 인상은 남기지 않으면 된다.

사실 이 방법은 종이 생산과 출판이 쉬워진 만큼 폐기도 빨라진 현대보다는 과거의 책들에 좀 더 유용한 팁일지도 모르겠다. 예전에 뉴욕의 어느 헌책방에서 유리문에 잠금 장치까지 달린 채 보관되어 있는 희귀서적들 말고, 일반 책들을 꽂아둔 책장 속에서 아주아주 오래되었지만 온전히 깨끗한 동화책을 한 권 발견하고 운 좋게 보물이라도 발견한 것처럼 좋아했던 적이 있다. 그런데 여행에서 돌아와 학교 도서관 관장님께 보여드렸더니 사실 그런 책은 출간 이후 인기가 별로 없어서 당시 누군가에게 팔렸다 하더라도 한두 번 읽히고 헌책방에 되팔렸거나 판매되지 못한 재고가 돌고 돌아 지금까지 남아 있게 되었을 가능성이 크다고 하셨다.

오래되고 상태가 좋다고 해서 다 귀한 책은 아니라는 걸 알고 있었는데도, 그 말을 듣고 나니 어쩐지 뭉근한 배신감이 들었다. 근데 또 어찌 생각하면 인기가 없었어도 몇십 년을 버티다 보면 나처럼 낡거나 망가진 책을 모으는 사람에게 발견되어 특별한 컬렉션에 포함될 수도 있으니 그리 슬픈 것만은 아니라는 생각도 든다. 인테리어 소품으로 제2의 인생을, 아니 책생(冊生)을 살게 될 수도 있을 테고 말이다. 심지어 운이 좋아 몇백 년간 살아남게 되면 미래의 사람들이 과거의 출판 역사를 참고하기 위한 자료로 귀하게 쓸 수도 있지 않을까? 사람들이 찾지 않았기 때문에 손을 타지 않아 오히려 튼튼한 상태로 오랫동안 버틸 수 있었던 책들. 아이러니하지만 이렇게 가늘고 길게 가는 것도 살아남는 방법이라면 방법이겠다.

어느 인터뷰에서 만약 책으로 태어난다면 어떤 책이 되고 싶냐는 질문을 받은 적이 있다. 딱히 다시 태어나고 싶지는 않지만 만약 반드시! 책으로! 다시 태어나야만 하는 상황이라면 어떤 분야의 책인지는 크게 상관이 없을 것 같고, 이왕이면 지금 소개할 《'89 시행 개정 한글 맞춤법 수록 국어대사전 상/하》처럼 내가 망가졌을 때 책 수선가에게 데려가줄 수 있는 애정을 가진 주인의 책으로 태어나길 바란다. 그렇게 수선되고 아껴지며 오래오래 몇 세기 동안 살아남아 언젠가 유물로 발견되면 쾌적한 환경의 박물관에서 전문가들로부터 완벽한 케어를 받으며 호의호식하는 책이 될 수도 있지 않을까.

헌책방에 있는 수많은 책들 중 세월에 비해 생각보다 상태가 좋은 책들(특히나 동화책)이 어쩌면 과거에 별 볼 일 없었던 책일 수도 있다는 걸 알고 난 이후로, 잊힘으로써 살아

남은 책들의 생존법이 꽤 흥미롭게 느껴져서 헌책방에서 고서들을 발견할 때면 좀 더 유심히 살펴보게 된다. 하지만 역시나 오랫동안 살아남은 책이라면, 이왕이면 많은 이들이 아끼고 또 아꼈던 애정 덕분이길 바라게 되는 게 또 책을 좋아하는 사람의 어쩔 수 없는 마음인 것 같다.

오늘의 책

'89 시행 개정 한글 맞춤법 수록 국어대사전 상/하

삼성문화사, 1980년대

어떤 책을 가장 먼저 되돌아볼까 고민을 많이 했었는데, 역시나 재영 책수선 작업실을 열고 제일 처음 맡았던 의뢰로 시작을 해보려 한다.

첫 의뢰로 들어온 책은 '상/하' 총 두 권으로 이루어진 커다란 국어대사전 세트였다. 요즘은 보기 힘든 판형의 아주 커다란 사전들이다. 마치 중형견을 안아 올릴 때처럼 한 팔로는 엉덩이를 받쳐 들고 다른 한 팔로는 몸을 감싸듯 안아 들어야 안전하게 들 수 있는 크기와 무게다. 가방에 쏙 넣고 다닐 수 있는 전자사전도 옛날 물건 취급을 받는 요즘 세상에 이렇게 커다란 종이책 사전이라니, 어쩌면 이제는 이런 크기의 대형 종이책 사전은 듣지도, 보지도 못한 세대가 있을지도 모르겠다.

비록 요즘은 찾아보기 힘든 판형의 책들이긴 하지만, 내 경험으로는 1980년대부터 1990년대 중반까지만 해도 부모님이나 친구들의 집에서 책장 제일 아래 꽂혀 있는 걸 심심찮게 볼 수 있었다. 물론 대부분 사놓고 한 번도 펼쳐보지 않은 것만 같은 행색으로, 먼지가 뽀얗게 앉은 채로 말이다.

반 우스갯소리로 종이책은 부동산과 직결된 문제라고들 한다. 그만큼 책은 무게와 부피를 많이 차지하는 물건이라는 뜻이다. 실제로 책은 이사를 할 때마다 견적에 큰 영향을 미치기도 하고, 일본에는 책이 너무 많아서 무너진 집도 있다고 한다. 그래서 이런 커다란 책이나 전집이 지금 다시 나온다면 아마도 집에서 차지할 공간 걱정에 백 번은 더 고민하고 구입하거나, 애초에 포기하는 사람이 많을 것이다.

하지만 옛날 어느 한 시절에는 '지식인의 책장'을 완성하기 위한 아이템으로 이런 커다란 어학사전이나 대백과사전

류를 세트로 구매하는 게 유행이었다. 다만 앞서 말했듯이 이런 종류의 책은 보통 보여주기식의 소장용이거나, 부모님이 아이들에게 도움이 되길 바라는 마음에 구입했지만 정작 어린이들로부터는 외면당하기 일쑤였다. 그래서 그 운명의 끝은 책장 한편을 크게 차지하고 있다가 세월이 지나면 새 책에게 공간을 내어주기 위해 쫓겨난다든지, 헌책방에 팔린다든지, 집에 있는 줄도 모르는 채 잊혔다가 어느 날 소리 소문 없이 버려지는 폐품 신세이곤 했다.

지금 생각해보면 나 역시 독서에 별 관심이 없고 밖에 나가서 흙공을 만들거나 모래땅굴을 파고 노는 걸 더 좋아하던 어린이였기 때문에 이런 두껍고 큰 책들은 책장이 넘어지지 않게 제일 밑 칸에 꽂아서 무게중심을 잡아주는 역할로만 여겼다.

혹시 집에 이런 책이 아직 남아 있다면 지금 한 번쯤 꺼내보길 바란다. 아마 먼지가 많이 쌓여 있고 책등에는 변색이 일어났을지도 모른다. 그런데 그렇게 오랜 세월이 지났음에도 막상 꺼내어 먼지를 털고 펼쳐보면 안쪽은 대부분 새 책처럼 상태가 좋은 걸 확인할 수 있다. 그건 그간 얼마나 이 책이 관심 밖으로 밀려나 있었는지를 보여주는 것이기도 하고, 사람의 손이 자주 닿지 않았다는 증거이기도 하다. 하지만 그 덕분에 보관이 아주 잘 되었다는 모순된 장점도 있다. 이런 역설을 보여주기에 대형 종이책 사전이나 전집류만 한 책들도 없다.

하지만 내게 의뢰가 온 《'89 시행 개정 한글 맞춤법 수록 국어대사전 상/하》는 달랐다. 세월에 잊히지도 않았고, 헌책방으로 가거나 폐품으로 버려지지도 않았다. 또 예전에 많이 읽혔듯 앞으로도 계속 읽힐 책들이었다. 모서리가 매끄럽게 닳았고, 자주 들어서 옮기고 넘겨보느라 커버나 책등이 심하게 망가진 모습을 보면 의뢰인이 어릴 때 얼마나 자주 이 책을 넘겨봤는지, 꼭 읽기 위함은 아니었더라도 얼마나 자주 사람의 손이 닿았던지는 바로 알 수 있었다. 게다가 이렇게 망가졌는데도 버려지지 않고 책 수선가인 내게 맡겨졌다는 것부터가 의뢰인과 이 책 사이에는 특별한 애정이 있다는 점을 분명히 말하고 있었다. 여느 대사전, 전집류의 슬픈 운명과는 달라도 참 많이 다른 경우였다.

의뢰인은 어렸을 적, 부족한 놀거리를 대신해서 이 책을 자주 펼쳐보았다. 중간중간 들어가 있는 삽화들을 보거나 단어들의 뜻을 찾아 읽으면서 시간을 많이 보냈다고 한다. 이 사전들이 친구가 되어주었던 당시를 이야기하면서 신나 하

던 의뢰인의 눈빛과 목소리가 아직도 기억이 난다. 지금도 국어와 관련된 일을 업으로 삼고 있다고 하니, 서로가 오래도록 이어져 있는 귀한 운명이라는 생각도 든다.

첫 의뢰였기에 완벽하게 잘해내고 싶은 마음이 아주 컸는데 그만큼 기대도, 걱정도 많이 됐다. 책은 위 사진에서 볼 수 있는 것처럼 분리된 커버와 본문, 손상된 책등, 휘어진 커버 등등 여러 문제로 제 기능을 하지 못하고 있었는데, 여기에 대한 의뢰인의 요구는 간결하고 분명했다. 앞으로도 이 책을 자주 펼쳐볼 수 있도록 무엇보다 튼튼하게 고쳐지는 것뿐이었다.

둥글게 휜 커버는 장시간 강한 압력을 가해 다시 평편하게 펴주었고, 보강제가 떨어져나가 제본이 헐거워진 탓에 제멋대로 흐느적거리던 책등은 망치로 두들겨가며 단단하고도 아름다운 곡선의 형태로 잡아주었다. 낡거나 분실된 헤드밴드도 색색의 새것으로 모두 교체를 해주었고, 많이 닳아 흐릿해진 표지의 겉싸개와 제목 부분은 지난 세월과 꼭 닮은 색을 제조해 다시 채워넣고 광을 냈다. 이외에도 찢어진 페이지 다시 붙이기, 분해된 표지와 본문 합체시키기, 드문드문 묻은 오물을 약품으로 세척하기 등등의 과정들을 거쳐 책은 사전이라는 본래의 역할로 돌아갔다.

이때까지만 해도 그동안 해온 책 수선과 크게 다르지 않은 일이라 생각했고, 그저 실수를 하지 않고 작업을 잘 마친 것에 스스로 만족하고 있던 차였다. 그런데 이후 의뢰인이 책을 다시 찾으러왔을 때 한 말은 책 수선가로서 나의 태도를 완전히 바꾸어놓았다.

"어렸을 적 친구가 다시 돌아온 것 같아요."

호들갑을 떠는 게 조금 부끄러워서 당시 의뢰인 앞에선 애써 태연한 척, 점잖은 척했지만 저 말을 듣는 순간 나 혼자서는 속으로 얼마나 벅찼는지 모른다. 개인 작업실을 열기 전까지는 학교 도서관에 소속된 직원으로서 장서들만 기계처럼 수선해왔던 터라, 책 수선가가 책을 통해 만들어낼 수 있는 감정에 대해서는 무관심했다고 할까, 무감각했다고 할까. 도서관의 책들은 수선을 마치면 다시 선반이나 창고로 돌아가면 그만이라, 그동안 수선된 책이 사람들에게 어떤 감상을 줄 수 있는지 경험해본 적이 없었다.

'어렸을 적 친구가 다시 돌아온 것 같다'는 이 다정한 문장은 입지가 좁은 책 수선 일을 하며 종종 지칠 때마다 아직도 마음속에서 형형색색의 불꽃을 팡팡 터트려준다. 어린 시절, 가장 아끼는 인형 다리의 실밥이 터져서 무척 속상했을 때, 할머니가 별일 아니라는 듯 실로 뚝딱 다시 꿰매어주셔서 눈물을 뚝 그쳤던 적이 있는데, 어쩌면 의뢰인도 그때의 나와 비슷한 마음이었을까?

덕분에 이 책을 떠올리면 언제나 환기된 기분으로 다시 책 수선을 마주할 수 있었다. 이런 경험들이 쌓여가며 지금은 책 수선이 끊어진 책과 사람의 관계에서 징검다리가 될 수 있다는 것을, 이 일은 그런 특별한 힘이 있다는 것을 누구보다 잘 알게 되었다. 이 국어대사전들이 첫 의뢰로 왔던 건 나에게도 역시나 귀한 인연이었다. 《'89 시행 개정 한글 맞춤법 수록 국어대사전 상/하》 덕분에 재영 책수선의 첫 단추를 잘 끼울 수 있었다.

낙서라는 기억장치

직업이 책 수선가라고 하면 대부분은 책을 굉장히 아껴서 보고 흠집 하나 나지 않게 철저히 관리할 거라 예상한다. 사실은 전혀 그렇지 않은데, 전혀.

나는 어쩌면 책을 아끼는 사람들 입장에서는 최악 중에서도 최악을 모아놓은 사람일지도 모른다. 책에다 연필이든 볼펜이든 가리지 않고 마구 밑줄을 긋거나 메모와 낙서를 하는 건 기본이고, 읽던 곳을 표시할 때는 페이지 모서리를 접는 걸 넘어서서 아예 페이지의 반을 접어버린다. 책이 잘 펼쳐지지 않으면 책등을 꾹꾹 누르기도 한다. 뭘 먹던 손으로 책장을 넘기거나 잡는 것도 꺼리지 않고, 바닥에 떨어뜨려 모서리가 찍히거나 흠집이 나도 별로 신경 쓰지 않는다. 무거워서 들고 다니기가 힘들면 책을 반으로 쪼개기도 하고, 누가 책을 빌려갔다가 실수로 좀 망가트렸다고 해도 크게 개의치 않는 편이다. 아끼는 책이라 하더라도 급하면 냄비 받침으로 쓰기도 한다. (지금 한 문장 한 문장이 끝날 때마다 분명 속으로 비명을 지른 분들도 있을 거라 생각합니다. 미안해요.)

이런 태도는 흔히 책을 막 다룬다고 여겨지기 쉽고 책을 아낀다는 사람들과는 정반대의 위치에 놓이곤 하는데, 그럴 때마다 약간의 억울함이 섞인 심정으로 생각하게 된다. 이것 역시 내가 책을 아끼는 방법이라고, 또 그 책을 앞으로 오랫동안 사랑하기 위한 방법이라고.

또 이런 독서 습관은 책과 친해지기 위한 노력이기도 하다. 나는 보통 흠집 하나 없이 깨끗한 물건을 보면 지문이라도 묻을까, 망가트리면 어쩌나 괜한 걱정에 가까이 다가가면 안 될 것 같아서 괜히 멀찌감치 거리를 두고 관찰만 하는 경향이 있다. 완벽하게 말끔히 포장된 책과 종이를 보고 있으면 어쩐지 마음에 부담이 생긴다.

지금 저 책을 읽어야 하는데, 읽고 싶은데 어쩐지 펼쳐 보기 부담스러울 만큼 깨끗한 새 책과 나 사이의 시작은 언제나 조금 데면데면하다. 좋은 물건을 사놓고는 상할까 봐 제대로 쓰지도 못하고 쳐다만 보고 있을 때의 느낌이랑 비슷하다. 그래서 한때는 읽고 싶은 책이 있으면 중고책으로 구매하는 걸 더 좋아하기도 했다.

그런 이유로 책을 사면 처음 며칠은 읽지 않아도 일부러 가방에 넣고 다닌다. 가방 안에서 이리 구르고 저리 구르면서 커버가 조금씩 더러워지고 모서리가 닳기 시작하면 그때가 나에겐 그 책을 편하게 읽을 수 있는 좋은 타이밍이다. 이런 부담은 '읽고 싶은 책'이 아니라 '읽어야만 하는 책'일수록 더욱 심해진다. 그럴 땐 더욱 정성 들여 정을 붙인다.

밑줄도 편하게 팍팍 긋고, 낙서도 많이 하고, 과자 기름 묻은 손가락으로 페이지를 넘기기도 하고. 그러다 보면 어느 순간부터 갖은 메모와 낙서를 통해 책과 대화를 주고받게 되고, 급할 때는 냄비받침으로 쓰면서 편안함을 느낀다. 아무래도 나는 책에 나의 흔적이 많이 남을수록 그 책과 더 가까워진다고 생각하나 보다.

책 수선 일을 하다 보면 나처럼 생각하는 사람들을 종종 만날 수 있다. 의뢰가 들어오는 책들 중엔 본인이 어릴 때 좋아했던 동화책이나 소설책이 꽤 많은 편인데, 이런 책을 맡기는 의뢰인들에게는 거의 동일한 요구사항이 하나 있다. '책 속에 남아 있는 낙서는 지우지 말 것'.

그 이유는 아마도 그들에게 낙서는 없애고 싶은 책에 대한 훼손이 아니라 기억이고 추억이기 때문일 것이다. 그 책을 읽던 순간을 기억해내고, 책의 내용을 떠올리고, 더 나아가 본인의 어린 시절까지 추억할 수 있게 해주는 낙서들은 그 책을 읽는, 아니, 그 책을 경험하는 또 하나의 방법인 셈이다.

그 흔적들을 지우지 않고 간직함으로써 의뢰인만의 특별한 기억장치가 작동하는, 세상에서 단 한 권뿐인 책이 되는 일, 꽤 멋지지 않은가? 꼭 어릴 때 보던 동화책에 그려진 삐뚤빼뚤 귀여운 낙서가 아니더라도 전공책에, 소설책에, 사진집에 남아버린, 지금 당장은 지워버리고 싶은 어떤 흔적들이 어쩌면 수십 년 후에 다시 펼쳤을 때 즐거운 기억장치가 되어줄지도 모를 일이다. '아, 맞아. 라면 먹으면서 읽다가 여기 국물이 튀었지. 봄바람이 좋던 늦은 밤이었는데' 하며 순간 그날의 달큰한 봄밤의 향기가 코끝에 다시 불어올지도 모를 일이다. 호로록 라면을 끓여야겠다는 생각도 함께.

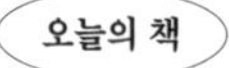

유리 구두

파아존 글 · 김형태 그림, 계몽사, 1970년대

《유리 구두》 역시 동화책에 대한 많은 추억을 불러일으킨 작업이었다. 1970년대에 출간된 책인 만큼 그간의 세월에 종이는 이미 누렇다 못해 갈색으로 변해버렸고, 심지어 커버의 책등은 어디론가 사라져버린 상태였다. 찢어진 채 오래 방치된 페이지도 많았고, 곳곳에 볼펜과 색연필로 그린 낙서들도 있었다. 정확히 무엇인지 알 수는 없지만 기름 성분으로 추측되는 오염 자국들도 곳곳에 보였다. 책 수선가의 입장에서 본다면 이런 부분들은 전부 파손이자 훼손이다. 하지만 〈디즈니 동화 전집〉을 좋아했던 여덟 살 때의 나로 돌아가 생각해본다면 이건 분명 책을 향한 사랑의 흔적들이다.

어른들도 그렇지만, 읽기 싫거나 관심이 가지 않는 책에 어린이들의 손길이 닿기는 특히 더 어려운 일이다. 대신 좋아하는 책은 읽고 읽고 또 읽곤 한다. 그래서 나는 이 《유리 구두》의 파손들을 사랑이라고 말하고 싶다. 일단 종이가 갈색으로 변할 만큼 긴 세월 동안 잊지 않고 간직해온 사랑, 책등이 떨어져나가고 곳곳이 찢길 만큼 자주 펼쳐보았던 사랑, 곳곳에 이런저런 낙서를 했을 만큼 늘 가까이에 두었던 사랑, 그리고 아마도 좋아하는 과자와 함께여서 더 즐거운 독서 시간이 되었을, 그런 사랑들 말이다.

여러 형태의 사랑을 보존해요

우리가 책을 아끼고 사랑하는 방법에는 여러 가지가 있다. 비닐커버를 씌워 때가 타지 않게 보관하기, 지문이 묻지 않게 장갑을 끼고 보기, 포장조차 뜯지 않고 그대로 보관하기 등등 대부분 책을 온전한 상태로 유지, 보관할 수 있는 방법들이다.

하지만 나는 정반대의 일들도 책을 사랑하는 방법이 될 수 있다고 생각한다. 원할 때마다 편하게 마음껏 꾹꾹 눌러 펼쳐보기, 연관되어 떠오르는 것들이 있을 때마다 바로바로 낙서나 메모 남기기, 가장 좋아하는 음식을 먹으며 가장 좋아하는 책을 읽기와 같은 것들 말이다. 바로 그런 의미에서 의뢰인이 들고 온 《유리 구두》는 그저 오래되고 망가진 책이 아니라, 여러 형태의 사랑이 가득한 책이었다.

TREATMENT

컬러판 소년소녀 현대세계명작전집 9

유리 구두

파아존 지음
신 지식 옮김
김 태형 그림

이런 책을 수선할 때는 특히 원본의 모습을 최대한 유지하는 게 중요하다. 아무래도 그렇게 할수록 더 많은 추억들이 어릴 적 모습 그대로 함께하게 될 테니까. 그래서 이 《유리 구두》는 커버를 그대로 유지한 채 사라진 커버의 책등 부분만 새로 제작해 붙여주었다. 새로운 책등의 커버는 동화책 표지 특유의 화려하면서도 오래된 모습과 잘 어울리도록 굵은 짜임의 감색 재질로 맞추었다. 그 외에도 표지의 색감과 어울리는 하양+파랑+빨강의 조합의 헤드밴드를 새로 넣어주고 찢어진 페이지들을 수선했는데, 동화책이다 보니 삽화가 있는 쪽의 마감을 우선시해서 깔끔히 붙여주었다.

여기서 한 가지, 찢어진 종이를 붙이는 일에 관한 오해

To: 재영 책수선

를 풀고 싶다. 종이를 다시 붙이는 일이 왜 그렇게 비싸냐고 말을 듣는 경우가 왕왕 있다. (내 노동에 비해서는 비싸다고 생각하지 않지만!) 그건 대부분 말 그대로 그저 찢긴 부분에 풀칠을 해서 덧붙이면 된다고 쉽게 여기기 때문이다. 하지만 실상은 그 어느 과정보다도 높은 집중을 필요로 하는 순간이 바로 찢어진 종이를 붙일 때다.

어떤 때는 자세히 들여다보아 뜯어진 섬유질의 결을 하나하나 풀어서 다시 이어주는 과정을 거쳐야만 하는 종이가 있고, 또 어떤 경우엔 접착제가 묻은 붓질 한 번에도 후두둑 조각이 나서 쓸려나갈 정도로 상태가 좋지 않은 종이가 있기 때문이다. 종이의 찢어진 상태에 따라 사용되는 보강제 역시 재질과 색깔, 두께 등을 종합적으로 감안해서 선택해야 하기 때문에 찢어진 종이를 다시 붙이는 일은 생각보다 시간이 오래 걸리고 복잡한, 그런 예민한 작업이다.

예전에 친구 집에 놀러갔다가 심심해하는 친구의 아이에게 읽어주려고 좋아하는 책을 골라오라고 했더니, 세상에, 태블릿PC를 들고 오는 게 아닌가. 자기가 좋아하는 책은 다 '여기'에 들어 있다면서 말이다. 다섯 살 어린이가 아주 능숙한 손놀림으로 화면을 터치해가며 책을 한 권씩 로딩하는 모습은 적잖이 신선한 충격이었는데, 그날의 기억이 《유리 구두》를 수선하며 자주 떠올랐다.

전자책은 아무래도 찢어질 위험도 없고, 언제든 낙서도 깨끗하게 지울 수 있을 테니 어쩌면 어떤 아이들에게는 동화책이 《유리 구두》처럼 종이 질감과 같은 촉각의 기억으로는 남지 않을 수도 있겠다. 그렇다고 해서 크게 안타까워할 일은 아니지만, 아쉬운 마음이 조금도 들지 않는다면 그것 역시 거짓말일 것이다.

의뢰인에게는 《유리 구두》에 남아 있는 작은 낙서 하나까지도 지우고 싶지 않은 소중한 기억인 것처럼, 책이 망가졌다고 해서 그 책과의 추억까지 흠집이 나는 건 아니다. 그건 그 오랜 시간을 책과 주인이 함께 견뎌온 우정이라고, 그건 정말이지 또 다른 사랑이라고 다시 한 번 말하고 싶다. 그 시간과 사랑 안에서 책 수선가로서 내가 할 수 있는 일이 있어서 참 다행이다.

'수선'과 '복원'의 차이

"이 책도 복원이 가능할까요?"

"이 책을 복원해주시기 바랍니다."

이 두 문장은 그동안 의뢰를 받을 때 가장 먼저, 또 자주 들어온 말들이다. 그리고 선뜻 대답하기가 조금 어려운 질문과 요청들이기도 하다. 왜냐하면 '복원'과 '수선'은 상당히 다른 범위의 작업들이기 때문이다. 아마 대부분의 의뢰인들은 '책 수선'보다는 '문화재 복원', '음원 복원' 등이 더 익숙했을 것이다. 하지만 실제로 미팅을 해보면 의뢰인이 원하는 방향은 복원보다는 수선일 경우가 더 많다.

열린 가능성을 자유롭게 끌어안은 '수선'

우선 두 단어의 사전적 의미부터 한번 살펴보면,

수선[13](修繕) 「명사」 낡거나 헌 물건을 고침.

복원[2](復元/復原) 「명사」 원래대로 회복함.

(출처: 국립국어원 표준어대사전)

이 두 줄의 사전적 설명만으로도 '책을 수선한다'와 '책을 복원한다'의 의미 차이가 금방 느껴질지도 모르겠다. 그렇다면 복원이 가능하냐는 질문에 왜 선뜻 대답하기가 어려운지도 조금은 눈치를 챘을 것이다.

복원은 말 그대로 원본의 상태로 똑같이 되돌린다는 뜻이다. 그런 의미의 복원이 주는 매력이 분명 있지만, 또 어떻게 생각해보면 그만큼 원본에서 벗어나지 못하는 한계가 있다는 말이기도 하다. 선택할 수 있는 재료나 방법의 폭이 좁아져 변화에 융통성이 없어지고, 시간적, 경제적 한계, 그리고 자료가 남아 있는 정도에 따라 작업자가 할 수 있는 영역에도 제한이 많은 방법이다.

대신 수선은 작업 후 결과물이 원래의 모습과는 일부 달라질 수 있지만, 그만큼 열린 가능성들을 자유롭게 끌어안는 방법이다. 사라진 표지를 이왕이면 본인이 좋아하는 색으로 새롭게 만들어 넣을 수도 있고, 원본에는 없었던 색색의 귀여운 헤드밴드를 넣어 책을 더 아름답게 만들 수도 있고, 나만의 표식을 넣어 세상에 단 한 권밖에 없는 책으로 만들 수도 있다. 다시 말해, 수선은 복원을 포함할 수 있지만 복원은 수선을 포함할 수 없다. 그래서 나는 일을 할 때 '복원'이라는 말을 조심스러워 하는 편이다. 그리고 더 많은 가능성을 위해 '수선'이라는 표현을 더 지향한다.

우리는 일상생활에서 '수선'이란 말을 언제 듣게 될까? 혹은 쓰게 될까? 구두 수선? 옷 수선? 이불 수선? 그 외에 또 다른 경우가 있을까? 수선과 비슷한 의미의 단어로 '수리'도 있지만, 수리는 보다 기계적인 물건을 고치는 데 사용하는 말이고 수선은 천과 직조물을 고치는 데 적합한 표현이라고 한다. 씨실과 날실이 얽혀 한 장의 천을 만들어내듯 종이도 섬유질이 서로 얽힘으로써 한 장의 종이를 만들어내기 때문에 나는 '책 수리'보다는 '책 수선'을 고르게 되었다.

여기서 잠깐!

제가 이 일을 처음 배운 미국에서는 이런 직업을 Book Conservation이라고 부릅니다. 그 일을 하는 전문가는 Book Conservator라고 부르는데, 이 명칭을 한국말로 번역하면 '책 보존/보존가'가 됩니다.

Conservator (noun) one that is responsible for the care, restoration, and repair of archival or museum articles.

보존(保存) 「명사」 잘 보호하고 간수하여 남김.

책을 보존하는 일에는 꽤 다양한 방법이 있습니다. 복원과 수선, 수리, 더 나아가 아날로그를 디지털로 그 포맷 자체를 바꾸는 일까지 포함되지요. 저는 제 일이 보다 일상에 자연스럽게 스며들고 가깝게 느껴지길 바라는 마음으로 옷 수선, 구두 수선과 같이 좀 더 친숙한 표현인 수선을 선택했지만, 가장 정확한 명칭은 '책 보존가'라는 점을 말씀드립니다.

그동안 작업한 책들을 돌이켜보면 대부분의 경우 복원이 주된 과정은 아니었다. 한 권의 책을 수선하는 전체 과정에서 찢어진 부분을 다시 붙이거나, 오염이 있는 부분을 깨끗하게 되돌리는 사전적 의미의 복원이 차지하는 비율은 대략 30~40퍼센트 정도였다. 대체로 새로운 재료가 덧대어지면 그 흔적이 어느 정도는 남기 마련이고, 경우에 따라 아예 새로운 모습을 띠게 되는 경우가 더 많다. 복원의 비율이 높아질수록 그만큼 비용과 시간도 비례해서 높아지고, 또 원본의 모습을 정확하게 알아낼 수 없는 현실적인 이유들이 자리하고 있기 때문이다. 하지만 간혹 우연히 조건들이 서로 잘 맞아떨어져 조금 더 복원에 '가깝게' 욕심을 낼 때가 있기도 하다. 이번에 소개할 이 책처럼.

오늘의 책

Great Short Stories of Detection, Mystery and Horror

도로시 세이어즈 지음, 골란츠, 1929

《Great Short Stories of Detection, Mystery and Horror》는 처음 의뢰가 들어왔을 때 비교적 양호한 상태였다. 다만 표지를 감싸고 있던 내구성이 약한 재질의 겉싸개가 잦은 넘김과 90년

수선 전 모습. 겉싸개가 찢어졌고,
책등은 제본이 헐거워져 형태가 일그러져 있다.

이 넘는 세월을 이겨내지 못하고 찢어져 있었고, 책등은 헐거워진 제본 때문에 형태가 일그러진 상황이었다.

사실 이런 경우 보다 저렴하고 간단한 방법으로 더 이상 찢어지지 않게만 수선을 할 수도 있다. 하지만 의뢰인은 이 책을 앞으로 계속 펼쳐볼 예정이라 무엇보다 책이 온전히 튼튼해지기를 바랐다. 그래서 낡은 겉싸개를 새것으로 교체하기로 결정했는데, 대신 그 과정에서 낯선 모습을 더하기보다는 가능한 한 원본의 모습을 닮는 방향으로 논의를 나누었다.

귀한 분으로부터 선물 받은 책이어서 어쩌면 더더욱 책의 원래 모습을 그대로 간직하고 싶으셨던 것인지도 모르겠다.

일단 실질적인 작업에 들어가기 전에 복원이 가능한, 아니, 최대한 복원에 가깝게 가져올 수 있는 요소들이 무엇인지 따져보았다. 크게 얘기하면 겉싸개와 글자들이고, 좀 더 자세히 설명하자면 겉싸개의 색깔과 재질, 직조의 방향, 그리고 제목에 사용된 활자의 모양, 크기, 위치, 또 사용된 박의 색깔 등등이다.

우선 세월에 광택을 잃고 자외선에 의해 붉거나 누렇게 변색이 되어버린 검은색 겉싸개를 가장 비슷한 결과 질감을 가진 천으로 교체했다. 다행히 이 부분은 원본의 겉싸개가 비록 90년 전의 소재이기는 해도 특이한 재질은 아니었기 때문에 비교적 쉽게 해결이 되었다. 하지만 책등의 글자를 그대로 가져오는 일은 보다 까다로웠다.

책이 출판된 연도를 생각하면 책등에 적혀 있는 제목이 디지털 인쇄가 아닌 건 쉽게 짐작할 수 있다. 즉, 납이나 동으로 만든 특정 서체의 활자 조판을 통해 제작이 되었다는 말인데, 그럼 동일한 서체를 알아내어 컴퓨터로 인쇄하면 되는 거라 생각할 수 있지만 여기서 첫 번째 문제가 발생한다.

우선 셀 수도 없이 많은 서체들 중에 눈짐작으로 동일한 것을 알아내는 건 쉬운 일이 아닐뿐더러, 설령 알아낸다 하더라도 과거에 활자 조판용으로 나온 서체의 모양과 크기는 우리가 요즘 컴퓨터에서 설정해서 보는 것과는 다르기 때문에 동일한 서체를 적용시킨다 하더라도 그 결과물이 같을 가능성은 거의 없다. 예를 들어, 같은 12포인트의 가라몬드(Garamond) 서체를 골라도, 과거 조판용으로 나온 12포인트의 가라몬드 서체는 지금 우리가 디지털로 사용하는 서체보다 대개 크기가 조금씩 더 크고 모양의 디테일이 다르다.

그런 이유로 이 책은 원본에 사용된 글자를 스캔받아 컴퓨터 그래픽 툴을 이용해 모양을 하나하나 따고 다듬어 벡터 이미지로 바꾼 후, 다시 동판을 제작해서 책 표지 위에 찍어내는 과정을 거치게 됐다.

예전에 잠시 그래픽 디자이너로 일을 했었는데, 일 자체는 재미있었지만 매일 모니터를 보며 그래픽 프로그램을 쓰는 일이 참 힘들고 어렵고 적성에도 잘 맞지 않았다. 그래서 책 수선을 시작할 때 '이 일은 적어도 디지털 툴을 다루진 않겠구나!' 하고 좋아했었다. 하지만 그게 얼마나 큰 착각이었는지는 이 책처럼 원본의 글자나 이미지를 살리기 위해 벡터 이미지로 바꾸는 작업을 할 때마다 시큼시큼 시려오는 눈알의 통증으로 느낀다.

두 번째 문제는 책등 하단에 적혀 있는 출판사 이름인 'Gollancz' 글자가 일부 닳아 사라졌다는 점이었다. 설상가상으로 온라인에서 찾아보아도 정확하게 참고할 자료가 부족한 상황이었다. 다른 인쇄 버전은 찾을 수 있었지만 그 책들은 개정판이라서 내가 맡은 책과는 사용된 서체의 모양이 아주 미묘한 차이로 달랐다. 가능한 한 복원에 가깝게 해보기로 했으니까 다른 개정판을 참고해 원본에 일부 남아 있는 형태의 연장선을 그려 나가는 방식으로 모양을 완성시켰다.

이제 디지털로 만든 글자를 동판으로 만들고 어떤 색으로 찍을지 결정하는 일만 남았다. 내게 온 책은 빛이 바래서 붉은 빛이 조금밖에 남지 않은 누런색에 가까웠지만, 온라인에서 찾아본 다른 책들을 보면 실제로는 다홍색에 가까웠다. 최대한 같은 색깔을 찾아 진행하는 것을 제안했을 때 의뢰인은 원래의 모습과 꼭 같지 않아도 되고 금박도 좋다고 하셔서 보다 수월하게 진행을 했다.

하지만 수선가 입장에서 지금 다시 생각해보면 색깔을

맞추지 못한 건 약간의 아쉬움으로 남았다. 이왕이면 좀 더 닮은 모습으로 가져오고 싶었던 욕심이랄까. 그래도 마지막 금박 작업까지 끝내고 말끔해진 책은 지금 다시 보아도 고민

에 고민을 거듭했던 작업 과정에 보람이 느껴진다.

결론적으로 놓고 보면 이 책도 완벽한 복원 작업이라고 말하기는 어렵다. 글자의 색이 달라졌고, 사라진 글자의 일부는 원본을 정확하게 알 수 없는 상태에서 만들어졌고, 또 원본에는 없었던 가름끈도 추가가 되었으니까. 하지만 전체적으로는 원본과 그 느낌이 여전히 많이 닮아 있다.

나는 책 수선의 이런 유연한 변화와 닮음이 좋다. 감쪽같이 마술을 부린 듯 원래의 상태로 되돌리는 복원 작업도 멋진 일이지만, 세월을 이겨낸 그때그때의 흔적이 남아 있는 수선의 가능성에 더 흥미를 느낀다. 그런 흔적이 보다 아름답게 남을 수 있도록 각각의 책이 쌓아온 시간의 형태를 정돈하고 다듬어주는 일이 책 수선가로서 나의 역할이라 생각한다. 우리 주변의 이 많은 책들은 앞으로 어떤 모습으로 시간의 형태를 만들어가게 될까?

DETECTION
MYSTERY
HORROR
SAYERS

GOLLANCZ

책으로 자전거 타기

"네? 책을 수선한다고요?"

이 질문은 아마도 내가 이 일을 시작한 이후로 가장 많이 들은 문장일 것이다. 그동안 처음 만나는 사람에게 나의 직업을 소개하면 반드시 되돌아오는 질문이었다.

"네. 저는 책을 수선합니다. 망가진 구두를 수선하고, 맞지 않는 옷을 수선하듯이 저는 파손된 책을 수선하는 일을 합니다."

한국에서 '책 수선가'는 많은 이들에게 생소한 직업이다. 이 일을 업으로 삼고 있는 나조차도 불과 8년 전까지만 해도 경험은커녕 이름도 들어보지 못한 일이었다.

이 분야를 처음 접하게 된 건 2014년에 미국으로 대학원을 갔을 때의 일이다. 한국에서는 미술대학에서 순수미술과 그래픽 디자인을 공부했고, 이후 대학원에 진학해 세부 전공을 정하면서는 조금 다른 방향을 선택하게 되었는데, 바로 '북아트'와 '제지(Papermaking)' 분야였다.

역시나 한국에서는 들어본 적 없는, 신기해 보이는 전공을 보고선 호기심 가득한 마음만 가지고 호기롭게 대학원 진학은 했지만, 제대로 작업을 시작해보기도 전에 어려움에 맞닥뜨렸다. 그동안 그래픽 디자이너로서 스크린상에서 편집 디자인을 해보기는 했어도, 처음부터 끝까지 디지털의 힘을 빌리지 않고 손으로만 책을 만들어내는 경험은 전무했기 때문이다. 새로운 전공 앞에서 빨리 숙련해야 할 기본적인 장비와 재료들, 그리고 손기술이 너무 많았다.

그런 난감한 문제로 고민을 하던 와중에 지도교수님에게 책 수선가로 일을 하며 배우라는 조언을 받았다. 직접 다양한 책의 구조를 살피고 책이 만들어지는 과정을 단계

별로 접하면서 다양한 기술을 빠른 시간 내에 연마하기에는 책을 수선하는 일만큼 효과가 좋은 일도 없다는 게 그 이유였다.

풀질과 칼질도 제대로 할 줄 모르는 허당

당시 다닌 학교는 커다란 건물 지하 한 층을 전부 '책 보존 연구실(Book preservation/conservation Lab)'로 사용하고 있을 정도로 도서관의 시설과 재정이 비교적 안정적인 곳이었다. (지금 생각해보면 이게 얼마나 운이 좋았던 일인지 모르겠다. 미국 내 대학교들 중에서도 손으로 책을 고치는 연구실들은 재정 문제로 점점 사라져 이제는 몇 곳 남아 있지 않은 상황이기 때문이다.)

내가 속한 연구실은 졸업생 논문과 일반 서적, 그리고 희귀서적들까지, 도서관에서 보유한 모든 책들을 다루는 곳이었는데, 그 역할의 범위 역시 넓었다. 요즘 대세인 디지털 아카이빙—디지털 스캔을 하여 전자 파일로 책을 영구(라는 표현에는 개인적으로 조금 회의적이지만!)적으로 보존·

보관하는 법—부터, 내가 일한 부서처럼 파손된 책이나 희귀서적을 직접 수선하는 일까지, 필요한 목적에 맞게 다양한 방식으로 책을 다루는 공간이었다.

그렇게 연구실에 재빨리 취직을 했고, 그곳에서 처음에 계획했던 것보다 열 배나 더 긴 시간인 3년 6개월을 일했다. 예정보다 긴 기간 동안 일을 하게 된 데에는 몇 가지 이유가 있었다. 우선 무엇보다 책을 수선하는 일을 하다 보면 필연적으로 접하게 되는 다양한 파손 형태들이 무척 흥미로운 데다가, 그걸 제한 없이 언제든 실컷 볼 수 있다는 점이 좋았다.

두 번째는 '속성으로 필수 기술만 쏙쏙 배우고 그만둬야지!'라고 생각했던 나의 다짐이 얼마나 오만한 생각이었는지, 일을 시작하고 일주일 만에 깨달았기 때문이다. 아직도 선명하게 기억이 난다. 연구실로 출근한 첫날 한 일과 그날의 당혹스러웠던 기분이. 첫 출근을 해서 내가 가장 먼저 배운 일은 '풀질'과 '칼질'이었다. 좀 더 자세히 얘기하면 '붓으로 접착제를 바르는 방법'과 '칼로 종이를 자르는 방법'인 셈이다.

아니, 잠깐만. 칼질과 풀질을 할 줄 모르는 사람도 있던가? 심지어 나는 허구한 날 온갖 '도구질'을 해야 하는 미대를 졸업하고 왔는데? 내가 풀질도 제대로 할 줄 모르는 허당처럼 보이나?

나름 섬세하거나 꼼꼼한 작업에는 자신감이 있었던 터라 그 순간에는 별별 생각이 다 들었다. 하지만 이 모든 당혹스러움을 조목조목 표현하기에 당시 나의 영어실력은 부족했고(지금 생각하면 어찌나 다행이었는지), 어쩐지 무서웠던 상사의 첫인상까지 더해져서 찍소리도 못하고 손에 붓과 칼을 쥐고 그저 시키는 대로 일을 하기 시작했다.

그런데 이건 또 무슨 당혹스러운 일인지. 결론부터 얘기하면 나는 풀질과 칼질도 제대로 할 줄 모르는 허당이 맞았다. 일을 하면 할수록 내가 해왔던 풀질은 더 이상 종이를 튼튼하게 붙이기 위한 일이 아니었고, 칼질은 위험했다는 걸 깨달았다. 이유는 단순하다. 그동안 내가 흔히 접한 A4 용지, 색종이, 노트, 책과 같은 지류는 대부분 새것이거나 최소한 거의 새것과 가까운 상태였지만, 일을 하면서 마주한 책과 종이들은 그렇지가 않았던 것이다.

칼질이 다 똑같은 칼질이 아니다

새 종이와 오래된 종이를 다루는 데에는 많은 차이가 있다. 사람으로 비유해서 말하자면, 단순한 감기더라도 건강한 사람이 걸렸을 때와 그렇지 못한 사람이 걸렸을 때 그 위험도가 다른 것과 같다.

똑같이 한 번의 칼질을 하더라도 새 종이에서는 속도나 칼날의 날카로운 정도가 별다른 영향을 주지 않을 수 있다. 새 종이는 그런 외부 조건들을 어느 정도 견뎌낼 힘이 있다는 말이다.

하지만 오래된 종이들은 그렇지가 않다. 새 종이를 자를 때와 같은 속도로 칼질을 했다가는 일부분을 덩어리째 날려 먹을 수도 있고, 종이를 자르는 게 아니라 아예 부숴버리는 경우가 발생할 수도 있다. 그리고 종이가 한 장이 아니라 어느 정도 두께를 가진 여러 장일 경우엔 더 많은 변수들이 생겨나기 때문에 더 많은 위험 가능성을 열어두고 수선 방향을 선택해야 한다.

풀질도 마찬가지다. 종이의 나이와 상태에 따라 필요한 접착제의 종류와 점도가 각기 다른데, 붓을 이용해 풀질을 한다면 어떤 형태나 크기와 모질의 붓으로, 어느 방향을 향해, 어느 정도의 힘과 속도로 작업을 해야 하는지 등은 다양한 종이를 직접 경험해보지 않고서는 배울 수 없는 감각이었다.

이런 세밀한 배움들을 예상하지 못하고 '단기간! 초스피드! 속성으로 배우기!'의 태도로 일을 시작했던 내가 얼마나 큰 요행을 바랐던 건지는 금세 절절히 느끼게 됐다. 그렇게 칼질과 풀질 이외에도 자를 사용하는 법, 다림질을 하는 법, 지우개를 쓰는 법 등등 살면서 너무나 쉽게만 생각했던 기술들을 각기 다른 종이와 책의 상태에 맞게 하나부터 열까지 다시 배우는 기초적인 과정만 반년이 넘도록 반복하면서 점차 다양한 기술들을 배워나갔다.

책 수선의 달인?

하루에 최소 4시간에서 많게는 6시간 동안 책을 고쳤다. 보통 일주일에 평균 열 권 내외의 책들을 담당했고, 희귀서적이거나 까다로운 절차를 거쳐야 하는 경우엔 몇 달이 걸리기도 했으니, 대충 계산을 해보면 거기서 일을 하는 3년 6개월 동안 아무리 못해도 최소 1,800권 이상의 책을 수선한 셈이다. 도서관에 보유된 전체 책 권수에 비하면 아무것도 아닐 양이겠지만, 그 책들을 통해 여러 기술들을 반복해서 연마할 수 있었던 걸 생각하면 적지 않은 양이었고 흔치 않을 행운이었다.

그렇다고 계속 반복되는 이런 감각의 연습을 방송에서 손끝의 감각만으로 한 치의 오차 없이 똑같은 무게의 반죽을 척! 척! 척! 잘라내는 달인들이나 무협영화 속에서 고수들이 눈을 가리고도 정확하게 적장을 공격하는 것과 비슷한 단련으로 생각하면 곤란하다. 눈가리개를 쓰고 의미심장한 분위기를 내뿜으며 찢어진 종이를 화려한 손놀림으로 붙여가며 책 수선을 하는 일은 앞으로도 없을 거다. (눈을 감고 찢어진 종이를 붙이다니, 이게 무슨 말도 안 되는 소리.) 최근 모 방송국 프로그램에서 이런 모습을 부각시키는 내용으로 촬영 제안이 온 적이 있는데 책 수선에서만큼은 그런 퍼포먼스적 기행이 별 의미 없는 일이라고 생각하기 때문에 거절했다.

이렇게 오랫동안 반복하는 연습의 의미는 그런 쇼맨십 기행보다는 마치 우리가 어릴 때 자전거 타는 방법을 한번 배우고 나면 몸이 그 감각을 기억해서 나이가 들어서도 언제든 자전거를 탈 수 있는 것과 더 비슷하다. 언제든 다시 해도 잊어버리지 않을 정도로 몸에 아주 익숙하게 배어 있는 것, 기본적인 부분들은 고민하거나 생각하지 않아도 능숙하게 해내기 위한 연습에 더 가깝다.

처음에는 너무 사소하고 쉬워 보이는 기술들만 시키는 상사에게 허탈감과 조급함이 들기도 했다. 하지만 그런 꾸준한 훈련 기간이 있었기 때문에 이후 더 복잡한 기술들을 보다 빠르고 탄탄하게 배워갈 수 있었고, 독립된 책 수선가로 지금을 살아갈 수 있게 되었다.

도서관에서 책을 수선하는 아주 기초적인 단계부터 시작해 다양한 기술들을 배우던 그 기간이 마치 난생처음 네발자전거를 타며 중심을 잡기 시작한 시절이었다면, 독립된 책 수선가로 살아가고 있는 지금은 보조 바퀴를 떼어낸 두 발자전거로 쌩쌩 신나게 마음껏 달리고 있는 느낌이랄까.

그렇게 책으로 자전거 타는 방법을 배우면서 책 수선가로서의 나의 삶이 시작되었다.

대물림하는 책, 그 마음을 담아

세계에서 가장 많이 팔린 책으로는 언제나 성경책이 꼽힌다. 과연 몇 권이나 팔렸을까? 2016년도 기준으로 누적 판매량이 최소 39억 권 정도가 된다고 하니까 지금은 그보다도 훨씬 많아졌겠다. (코로나 사태를 맞으면서 미국에서만 2020년에 성경책 판매량이 2019년에 비해 40~60퍼센트나 증가했다고 한다.)

그동안 재영 책수선에 의뢰로 성경책이 들어온 경우는 다섯 번 정도 있었다. 전 세계 39억 권의 성경책들 중에서 나에게 온 다섯 권. 어떻게 생각해보면 바닷가의 모래 몇 알 같은 양이지만, 또 어떻게 생각해보면 그 많은 성경책들 중 어쩌면 딱 그 다섯 권이 내게 왔을까 오히려 신기하기도 하고 더 특별하게 느껴지기도 한다.

나는 성경책에 익숙한 사람은 아니다. 모태종교가 있긴 하지만, 어릴 때나 지금이나 그렇게 신실한 신자가 아니기도 하고, 종교 자체에 큰 관심을 두지 않고 살아왔다. 내가 성경책을 접한 건 부모님의 책상이라든가, 외국 여행을 갔을 때 머물렀던 호텔 서랍 속, 그 정도뿐이다. 그마저도 표지에만 그쳐서 성경책을 소장하는 의미에 대해 깊게 생각해본 적이 없었다. 그러던 어느 날 내 눈길을, 마음을 오래 붙잡은 의뢰인의 메일을 한 통 받게 되었다.

"제가 아끼는 성경책이 스물여섯 살이 되었습니다. 제 부주의로 상태가 좋지 않습니다. 수선이 가능할까요?"

자신의 성경책을 나이까지 세어가며 걱정스럽게 이야기하는 의뢰인의 메일을 보고 어떤 호기심과 생경함이 생겼다. 의뢰인은 본인에게 소중한 만큼 잘 수선해서 자녀에게 물려주고 싶다던 이야기도 함께 적어보냈다.

이 성경책 작업을 하면서 처음으로 알게 된 두 가지 사실이 있다. 첫 번째는 성경책은 한 번만 읽고 끝내는 것이 아니라 몇 번이고 다시 읽고 또 읽어가며 공부하는 책이라는 것. 두 번째는 성경책을 선물할 땐 새 책을 사서 주기도 하지만 본인이 오랫동안 간직해오던 책을 물려주거나 선물하는 경우도 꽤 있다는 것이다.

오늘의 책

한/영 성경전서 개역한글판

대한성서공회, 1987

이번에 소개할 작업은 저 두 가지가 모두 해당된다. 이 성경책은 아주 오래전 의뢰인이 해외에 있을 때 알게 된 목사님에게 받은 선물이다. 이후로 매일같이 펼쳐보며 공부를 하셨다고 하는데, 곳곳에 다른 농도의 연필로 밑줄이 그어져 있고 메모가 되어 있는 걸로 보아 분명 그저 한두 번 펼쳐보고 만 흔적은 아니었다.

의뢰인의 넘치는 사랑만큼이나 26년이라는 세월은 역시 버거웠던 걸까? 과연 무슨 일을 겪었던 걸까 궁금해질 정도로 책은 상당히 심하게 파손되어 있었다. 표지의 인조피혁과 면지는 나달나달해졌고 본문은 아예 커버로부터 분리가 되기 일보 직전의 상태였다. 그리고 앞 페이지 몇 장은 형체를 알아보기 힘들 만큼 찢어져 있었다.

사실 파손의 유형 자체는 일반 서적에서도 흔히 일어나는 형태였다. 다만 성경책이기 때문에 더 필연적으로, 또 극단적으로 발생한 것뿐이다.

성경책은 보통 앞장과 뒷장이 서로 비칠 만큼 아주 얇은 종이에 인쇄된다. 그런데 담아내야 할 내용이 절대적으로 많다 보니 얇은 내지에 비해 제본된 책등의 두께는 어지간한 일반 서적들보다 훨씬 두껍다. 보급형으로 많이 판매되는 성경책의 경우 이동할 때 보다 편하도록 무게를 최대한 줄이거나 본문의 손상을 막기 위해 손으로 쉽게 구부릴 수 있을 정도로 얇거나 지퍼로 여닫을 수 있는 케이스형인 경우가 대부분이다.

이렇게 말하면 많은 내용을 한 권의 책으로 담기에 최선의 선택들을 한 것처럼 보이지만, 사실 얇은 종이, 두꺼운 책등, 얇은 커버 같은 이런 성경책의 두드러지는 특징들은 책의 내구성을 약하게 만드는 주된 요인들이기도 하다.

보통은 책등이 두꺼운 만큼 커버도 함께 두꺼워져서 책을 전반적으로 튼튼하게 잡아주고 내지를 보호하는 역할을 해야 한다. 하지만 그러려면 그만큼 책이 무거워져서 매주 교

회나 성당에 갈 때마다 들고 다니기가 불편해진다. 게다가 성경책의 내지에 쓰이는 종이가 얼마나 얇고 쉽게 찢어지는지는 따로 말하지 않아도 이미 다들 잘 알고 있을 것이다.

의뢰인은 본인의 부주의함을 탓하셨지만, 사실 성경책이라면 위에서 말한 요소들 때문에 약간의 부주의에도 이번 의뢰처럼 심하게 파손되는 것도 무리는 아니다.

언젠가 다시 재영 책수선에서 만날 수 있기를

이번 책은 수선 방향을 논의할 때 자녀에게 물려주고 싶다는 말씀에 주목했다. 부모님이 선물로 주지 않아도 먼저 가지고 싶다는 생각이 들 만큼 멋진 모습으로 바꾸고 싶은 욕심이 생겼다. 의뢰인은 최대한 단순하고 단정한 모습을 원했는데, 최소한의 꾸밈으로 멋있는 성경책을 만들고자 재료와 후가공을 많이 고민했다.

일반 휴대용 성경책보다 판형이 상당히 크다는 점, 그리고 의뢰인이 검정색을 좋아하신다는 점을 감안했을 때 가장 먼저 떠오른 이미지는 아주 단순하면서도 묵직한 검은 블록 형태였다. 다행히 앞으로는 집에서만 놓고 볼 거라고 하셔서

검정 가죽에 금박 십자가로 깔끔하게 마무리된 모습

책 표지도 이상적으로 안정적인 두께인 하드커버로 만들 수가 있었다. 오랫동안 튼튼하고 시간이 지나고 손을 탈수록 매무새가 더 아름다워지는 검정색 가죽에 금박 십자가로 마무리를 해주었다. 더하여 너무 묵직하지만은 않게 경쾌한 포인트가 될 수 있도록 헤드밴드와 가름끈들도 교체를 해주었다.

이 책의 작업에선 심하게 찢어지고 구겨진 종이의 파손도 빼놓을 수 없었다. 의뢰인이 임시로 붙였던 테이프들을 제거하

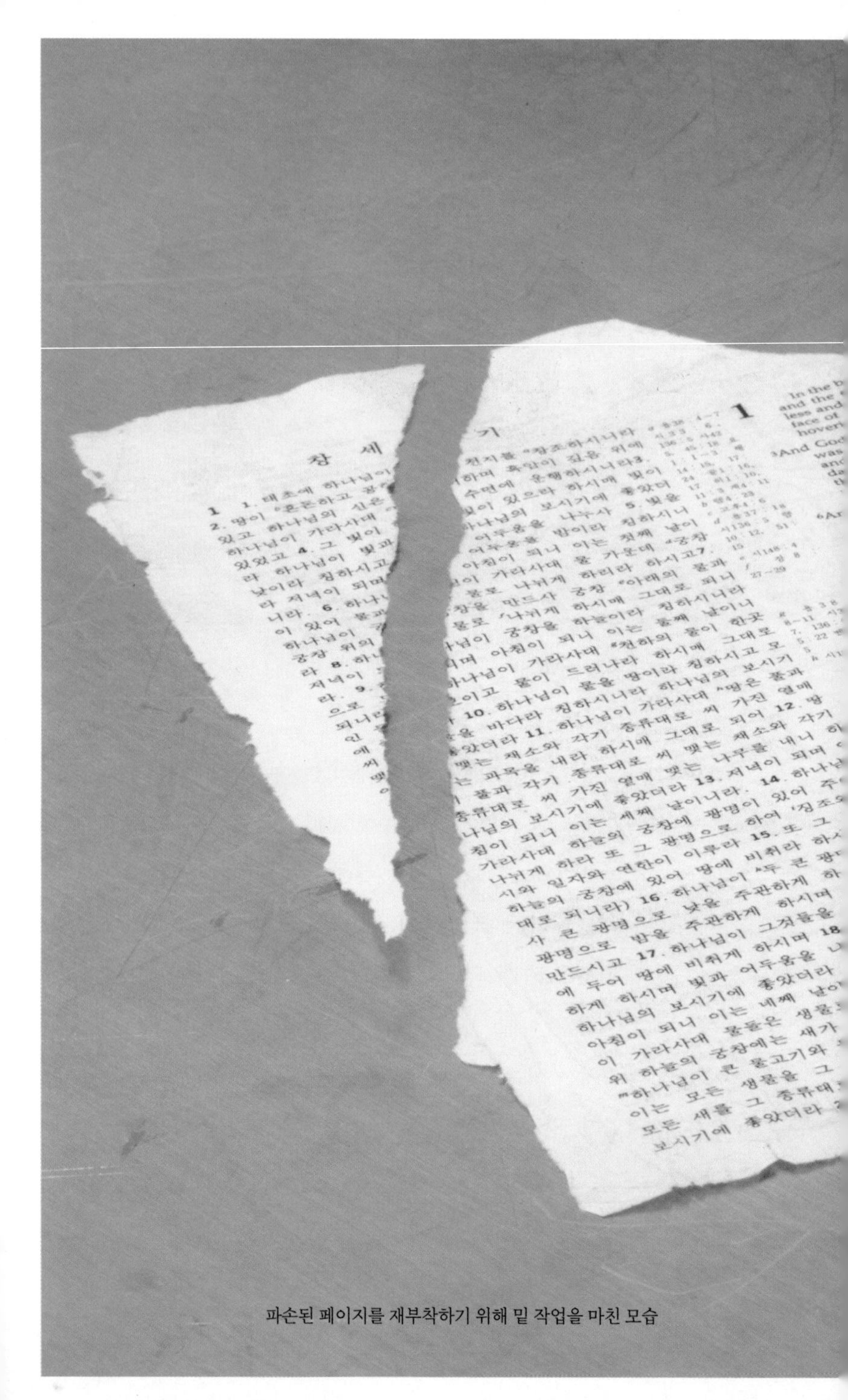

파손된 페이지를 재부착하기 위해 밑 작업을 마친 모습

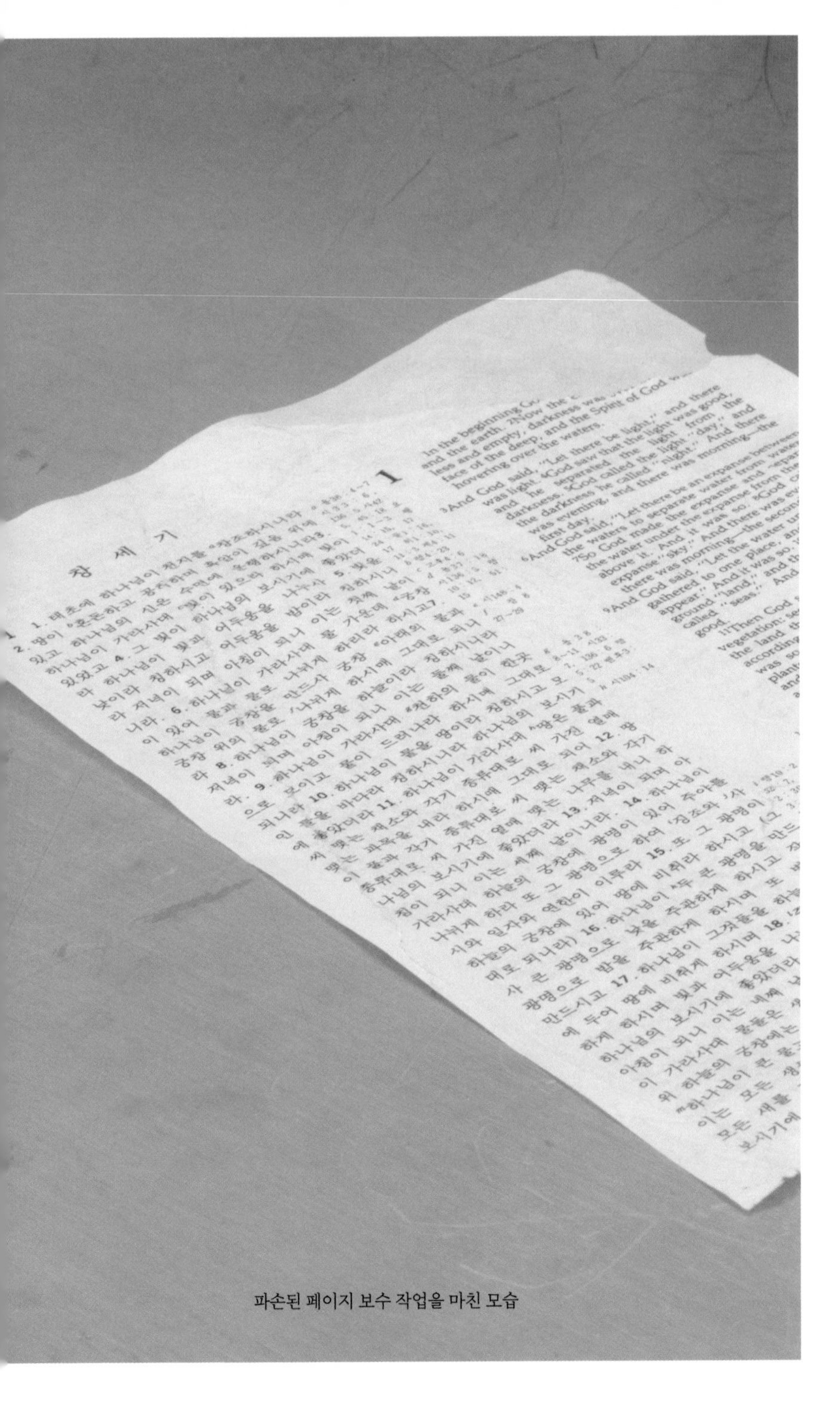

파손된 페이지 보수 작업을 마친 모습

고, 구겨진 부분들은 모두 펼쳐내고, 떨어진 조각들을 퍼즐처럼 맞추고, 아예 유실된 부분은 안전하게 메꾸어가며 보강 작업을 진행했다. 얇디얇은 종이인 만큼 사용하는 재료와 방법을 일반 종이와는 달리해 산산이 흩어졌던 페이지들이 다시 반듯하게 펼쳐져 제자리를 찾았다.

의뢰인이 다시 방문했을 때 완전히 달라진 책에 놀라던 모습이 기억난다. 그때 "책이 참 멀끔해졌다"는 말씀에 나도 기분이 무척 좋았다. 수선된 책으로 다시 성경 공부를 하다가 나중에 자녀에게 물려줄 거라고 하셨는데, 그도 이 책을 잘 간직했다가 나중에 다른 이에게 또 선물하는 날이 올까? 어쩌면 나는 그때 또 한 번 이 책과 만날 수 있을까? 그런 즐거운 상상에 잠시 기대어 언젠간 이 성경책을 재영 책수선에서 또다시 만날 수 있길 바라는 마음을 이 글에 함께 담아본다.

떠난 자리에 남은 책

이번 의뢰에 대해서는 무슨 말로 시작해야 할지 한참을 고민했는데도 조심스럽고 또다시 망설이게 된다.

이제는 만날 수 없는 이를 그리워하게 만드는 그런 물건들이 있다. 할머니는 평소 그림을 많이 그리셨는데, 그래서 할머니가 살아계실 때 남기신 그림 액자들을 보면 할머니와의 추억이 많이 떠오른다. 고장난 물건이 생길 때면 서랍 속에서 온갖 장비들을 꺼내 수리하길 좋아하셨던 할아버지 생각이 나고. 자전거를 타고 가는 사람을 볼 땐 언제나 환한 미소로 반겨주었지만 자전거 사고로 일찍 세상을 떠난 친구 생각도 많이 난다.

그런 회상 이후에 이어 밀려오는 감정은 때로는 슬프기

도 하지만, 그래도 그 물건들이 나와 떠난 사람들 사이를 계속해서 이어준다는 느낌에 이제는 반가움이 더 큰 편이다.

이번 글은 세상을 떠난 이의 자리를 대신하고 있는 물건들 중에서 내게 의뢰로 온 한 권의 작은 책에 대한 이야기다.

오늘의 책

カット図案集

고노 카오루 엮음, 노바라샤, 1978

책의 제목은 《カット図案集》. 번역하면 '컷(CUT) 도안집'이다. 제목에서 알 수 있듯이 작은 그림들을 모은 도안집이다. 처음 의뢰 문의를 받았을 때부터 돌아가신 어머님의 유품이라는 걸 들어 알고 있었기 때문에 작업에 들어가기 전부터 내 마음에도 평소보다 무게가 실려 있었다.

그렇게 유난히 긴장된 마음으로 의뢰인과 첫 미팅을 하게 되었고, 조심스럽게 꺼내신 책은 나조차도 손을 대기가 주저될 정도로 상태가 좋지 않았다. 표지는 아예 유실되었고,

앞부분의 페이지들도 일부 사라졌으며, 책등은 완전히 갈라져서 두 동강이 난 상황이었다. 곳곳에 낙서들도 남아 있었다. 자주 펼쳐보셨던 탓에 책이 많이 망가졌다고 하신 걸로 봐서는 어머님께서, 또 의뢰인이 지난 세월 동안 이 책을 얼마나 좋아했는지 쉽게 느낄 수 있었다.

보통 책 수선에서 낙서는 지우고 싶은 경우와 지우고 싶지 않은 경우로 분명히 나뉘는 편이다. 예를 들어 중고로 산 책에 남아 있는 이전 책 주인들의 흔적들은 최대한 깨끗하게 지우고 싶어 하는 경우가 대부분이다. 간혹 이제는 미워하게 된 사람이 적어놓은 사랑 고백을 깨끗하게 지우길 바라는 경우도 있다. 하지만 반대로 아무리 어지럽고 지저분해 보이

는 낙서라도 지우지 않고 오히려 그대로 간직하려는 경우도 있다. 본인이나 자녀가 어릴 때 적어놓은 글귀라든가, 그림이라든가, 그런 낙서들이다.

이 도안집도 두 번째 경우에 해당되는 책이었다. 아마도 모르는 사람이 보기에는 알 수 없는 형태의, 이리저리 사방으로 쭉쭉 아무렇게나 그어놓은 빨간 볼펜 자국일 뿐일 것이다. 하지만 의뢰인에게는 이 낙서들이 책과 어머니의 기억을 본인과 좀 더 가깝게 엮어주는, 마치 아직 다 풀리지 않은 빨간 실타래처럼 느껴질 수도 있겠다는 생각이 들었다. 그래서 책에 남은 낙서들은 모두 그대로 유지하기로 했다.

가장 고민이 되었던 부분은 표지였다. 새 표지를 어떤 분위기와 모양으로 제작할지를 두고 가장 많은 시간을 보냈다. 마침 의뢰인이 꼭 원본을 따르기보다는 다른 분위기의 새 표지도 염두에 두고 있었던 터라 좀 더 의뢰인과 어머니를 닮은 모습으로 욕심을 내볼 수 있었다. 우선 의뢰인은 무엇보다 어머니의 유품이 한 권의 책으로 다시 온전해지길 원했고, 나는 거기에 아름다움을 더해보기로 했다. 그렇게 이 책은 새 표지에 들어간 동백꽃이 피는 계절인 늦은 겨울날 시작하여 완연한 봄날에 꽃을 피웠다.

원본의 모습을 따르지 않아도 되는 책일 경우에는 의뢰인과의 대화에서 많은 힌트를 얻는다. 평소 어머님의 성격이나 분위기는 어떠셨는지, 또 특별히 좋아하는 색깔은 무엇이었는지, 의뢰인이 이 책을 볼 때의 마음은 어떤지 등등 새 표지를 상상해나가는 데에 있어서 도움이 될 만한 단서들을 최대한 수집한다. 이 책이 결과적으로 온화하게 밝아진 것을 보면 의뢰인에게서 어떤 분위기의 말들을 수집했는지 상상할 수 있을 것이다.

책의 제목도 원본을 따르기보다는 새 겉싸개의 하늘색이 주는 이미지와 어울리도록 그림으로 대신했다. 도안집인 만큼 이미 책 안에 아름다운 그림들이 많았는데, 당시 차가운 겨울 공기 사이에서도 조금씩 코끝에 불어오던 이른 봄바람 때문이었는지 그중에서도 눈길을 끈 건 작은 동백꽃이었다. 기본적으로는 원본 도안의 형태를 그대로 따랐지만, 커버의 실크 재질과 잘 어울리도록 약간의 꽃술을 추가했다.

'따님이 이 책을 많이 아끼고 좋아한대요.'

내 손 안에서 책이 조금씩 다시 단단해지고 한 단계씩 새로운 색이 입혀질 때마다 이상하게도 처음에 가지고 있던 유품이라는 무게감도 함께 덜어지는 기분이었다. 한 번도 뵌 적은 없지만 이 책을 수선하는 동안만큼은 책을 마치 의뢰인의 어머니라 생각하고 계속 속으로 말을 걸며 일을 해서 그런 것 같다. '이런 하늘색 어떠세요? 예쁘죠!', '따님이 이 책을 많이 아끼고 좋아한대요. 알고 계셨어요?', '기억나실지는 모르겠지만 따님이 어릴 때 한 여기 이 낙서들은 그대로 둘 거예요', '동백꽃은 여기에다가 찍을 건데 마음에 드셨으면 좋겠어요' 이런 말들을 계속 건네며 나 혼자 알게 모르게 친근감이 생긴 것이다.

이후 의뢰인이 완성된 책을 찾으러 오셨고, 떨리는 마음으로 수선한 곳들을 구석구석 보여드렸다. 그런데 설명을 듣던 의뢰인이 갑자기 울음을 터트리셨다. 그 모습을 보고 나도 그만 같이 눈물이 새어나왔다. 훌쩍이는 소리만 들리는 시간이 잠시 흐르는 동안 마음을 가다듬고 마저 설명을 마친 뒤 잘 포장하여 돌려드렸던 일은 지금도 마음속 깊이 남아 있다.

그때의 북받쳐 올랐던 감정을 대체 뭐라고 설명해야 할

까. 의뢰인이 어떤 기억에 눈물을 흘리셨는지 그 마음을 내가 온전히 이해할 수는 없을 것이다. 그건 의뢰인과 어머니, 그 둘만의 이야기이니까. 다만 잃어버렸거나, 혹은 옅어진 어머니와의 어떤 기억 한 조각이 다시 떠올랐던 건 아닐까, 그런 반가움의 눈물이 아니었을까, 조심스레 짐작해본다.

세상을 떠나 다시는 만날 수 없는 사람에 대한 슬픔과 그리움을 다시 채우기란 참 어려운 일이다. 아무리 좋은 추억으로 채워보아도 비어 있는 사람의 자리에는 그 무엇으로도 대체할 수 없는 슬픔과 그리움이 언제나 조금씩 남아 있다.

하지만 만약 소중한 사람이 떠난 자리에 책이 남아 있고 그 책이 수선을 필요로 한다면, 책 수선가로서의 나의 기술과 감각이 남은 이들의 저민 가슴을 감싸 안아줄 수 있는 온기가 되기를, 또 그 온기가 떠난 이와 남은 이의 추억을 더욱 아늑하게 만들어주는 힘이 되기를 진심으로 바란다.

재단사의 마음으로

코로나19로 그 어느 때보다도 여행이 아쉬워지는 나날이다. 예상치도 못하게 우리 모두 별 계획 없이 훌쩍 떠났던 가까운 여행도, 오랜 시간 준비하며 떠날 날만 기다리던 먼 여행도, 모두 무척이나 그리워하기만 해야 하는 서운한 시대에 살게 되었다. 나도 1년에 한 번씩은 짬을 내어 프랑스로 헌책방 여행을 떠나곤 했었는데, 이젠 그마저도 아주 오래전 일이 되어 아쉬움이 큰 요즘이다.

이런 시기에 다른 사람들은 어떤 방식으로 여행의 추억을 즐기고 있을까? 아마도 옛 여행 사진들을 넘겨보며 그때의 계절을 다시 느끼기도 하고, 여행지에서 사온 기념품을 보며 그 가게나 혹은 가게가 있던 거리의 정취를 불러내기도 하고, 여행에서 먹었던 것과 비슷한 음식을 찾아 먹으며 즐거움을 되살리기도 할 것이다. 이처럼 여행을 추억하고 즐기는 자기만의 방법들이 있을 텐데, 이번에 그런 여행의 추억들 중 하나인 책을 소개한다.

오늘의 책

Breakfast at Tiffany's

트루먼 커포티 지음, 펭귄북스, 1961

이 책을 맡긴 의뢰인은 여행을 갈 때마다 꼭 서점에 들러 그 여행을 기념할 만한 책을 한 권씩 사온다고 한다. 이번 글은 의뢰인의 이런 여행 습관의 시작점이 되었던 책 《Breakfast at Tiffany's(티파니에서의 아침을)》에 대한 이야기다.

책 제목을 보고서 의뢰인이 어디로 여행을 떠났던 건지 짐작하는 분들도 있을 것 같다. 지금 미국의 뉴욕을 떠올린 분이 있다면 그것은 정답!이 아니다. 의뢰인의 여행지는 로마였다. 의뢰인은 몇 해 전 로마로 여행을 떠났고, 원래는 그 여행을 기념하려 헌책방에서 《로마의 휴일》을 구할 계획이었다. 하지만 아쉽게도 그때 들른 서점에는 그 책이 없었고, '로마의 휴일' → '오드리 헵번' → '티파니에서의 아침을'이라는 다소 엉뚱하면서도 명쾌한 연결고리로 이 책을 사게 됐다고. 로마에서 산 뉴욕 이야기라니, 처음 의도와는 다른 뜻밖의 선택이 되었지만, 사실 또 그럼 뭐 어떤가. 그렇게 또 한 겹의 이야기가 늘어나 더 기억에 남는, 재미있는 사연의 책이 된 걸지도.

《Breakfast at Tiffany's》는 오드리 헵번 주연의 영화로도 잘 알려진 트루먼 커포티의 소설이다. 의뢰인이 헌책방에서 사온 이 책은 1958년에 영국 해미시해밀턴에서 첫 출간된 후 1961년에 펭귄북스에서 문고판으로 재출간을 한 에디션으로, 펭귄북스의 시그니처 디자인이라고 할 수 있는 주황색 커버는 우리에게도 꽤 익숙하다.

사실 구하기가 그리 어려운 책이 아니기도 하고, 문고판인 만큼 값비싼 책은 더더욱 아니다. (책 안쪽을 살펴보니 헌책값으로 3유로가 적혀 있다.) 하지만 하필이면 로마로 여행을 간 의뢰인이 딱 그 서점에 들어가게 되었고, 하필이면 그 서점에 《로마의 휴일》이 없었고, 또 하필이면 오드리 헵번이 영화 〈로마의 휴일〉과 〈티파니에서의 아침을〉에 둘 다 출연을 해서, 결국 이렇게 로마로부터 멀리 떨어진 한국에 오게 된 사연을 생각해보면, 이 책은 그저 펭귄북스의 흔한 문고판들 중 한 권이 아니라 의뢰인과 꽤 특별한 인연의 고리로 맺어진 것이다.

이 책이 출간된 후, 그동안 얼마나 많은 사람들의 손에서 읽혔고, 얼마나 오랫동안 헌책방에서 막연한 기다림의 시간을 보냈는지는 알 수 없다. 다만 곳곳이 닳고 구겨진 표지와 한 번만 접어도 부서질 정도로 산화가 진행된 종이들, 또 이미 낱장으로 떨어지기 시작한 내지들을 보면 그리 녹록치 않은 시간을 보낸 것은 분명하다.

처음엔 수선 방향을 최대한 원본의 모습을 복원하는 쪽으로만 생각했다. 일단 이 책은 로마 여행을 기념하기 위한 목적이 컸고, 개인적으로는 펭귄북스의 주황색 표지가 주는 매력을 선뜻 포기하기도 싫었다. 하지만 어느 순간 수선의 방향을 과감히 틀어보게 되었다. 무엇보다 표지가 상당히 삭아 상태가 좋지 않았고, 이 책은 앞으로 읽기 위함이라기보다는 여행 기념품과 같은 소장의 의미가 좀 더 크다는 이유 때문이었다. 기념품답게 안전하고 튼튼하게 보관할 수 있고, 또 아름답게 보이는 것이 중요하겠다는 생각이 들어 완전히 새로

TREATMENT:

Breakfast at Tiffany's

Truman Capote

The story on which the Paramount Picture was based, starring Audrey Hepburn and George Peppard

PENGUIN BOOKS 2/6

운 표지로 교체하는 방향을 함께 제안했다.

소프트커버가 아닌 하드커버로 교체하게 되면 일단 기능적으로는 산화로 약해진 내지를 보다 안전하게 보호할 수 있다. 또 어떤 방식으로든 새롭게 디자인할 수 있기 때문에 동일한 디자인의 문고판 이미지를 지우고, 의뢰인이 로마에서 뉴욕 배경의 소설을 사게 된, 약간은 엉뚱한 사연과 그 책이 한국까지 날아와 책 수선을 받게 된 몇 겹의 이야기까지 덧입으면 세상에 단 한 권밖에 없는 《Breakfast at Tiffany's》가 만들어지지 않을까? 그렇게 의뢰인과 논의 끝에 대중적인 펭귄북스의 문고판 느낌과는 다른 모습의 새 옷을 입히기로 결정했다.

나만을 위한 한 벌의 정장을 맞추듯

원본의 모습을 많이 바꾸는 작업은 늘 조마조마하지만 설레는 일이기도 하다. 그만큼 책과 잘 어울리고 아름다운 모습으로 만들어내는 일이니까.

전체적인 분위기를 바꾸기로 결정했을 때 가장 강렬하게 떠오른 것은 영화 〈티파니에서의 아침을〉 속에서 아이콘

이 된, 블랙 미니 드레스를 입은 오드리 헵번이었다. 세련되고 우아하면서도 온기를 잃지 않는, 그런 헵번의 모습을 닮은 책으로 바꾸고 싶었고, 그렇게 이 책은 블랙 미니 드레스를, 아니, 블랙 미니 표지를 입게 되었다.

새로운 분위기의 커버를 구상하기는 했지만 원본 표지의 인상을 완전히 지우고 싶지는 않아서 오드리 헵번의 사진이 있는 부분은 살려 그 분위기를 이어보았다. 원래는 보다 흰색에 가까웠을 사진 속 배경은 그동안 자외선에 노출되고 때가 타면서 누르스름하게 변색이 되어 있었는데, 그런 낡음이 오히려 아름다움을 더해주었다.

오드리 헵번의 블랙 미니 드레스를 입히기로 한 만큼 표지는 빈티지 블랙 색상의 겉싸개를 사용했고, 그와 잘 어울리도록 면지는 톤다운된 핑크를, 헤드밴드는 부드러운 갈색과 크림색 콤보로, 또 가름끈 역시 세련된 크림색으로 전체적으로 우아함을 강조했다.

제목은 사진과 균형을 이루기 위해서 장식성이 강한 느낌의 세리프(Serif) 서체를 선택했는데, 또 지나치게 화려하면 촌스러워질 우려가 있어 무광 금박으로 마무리했다.

Breakfast at Tiffany's

resumed his valet
a powder. Well,
sorry. Still, what
horse-whipped.'
derstood me. He
ter. 'My cousin
ou will oblige?'
or Miss H. Go
gged Holly's ca
ery iota, as she
ing to. But I
r; or the will

her, she was there in the
Fred cradled in her arms, a fat me
in a rocking chair with Fred on
like a brass band. The mockery
that's ahead for us, my friend: this
to give you the old razz. Now do
crazy and broke everything?'
Except for the lawyer O. J. Berman
the only visitor she had been allowed
shared by other patients, a trio of
who, examining me with an interest
speculated in whispered Ita
that: 'They think you're my
fellow what done me wrong
he set them straight, repli

서로 디자인이 동일한 펭귄북스 문고판의 인상을 과감히 지우고 딱 맞는 맞춤옷을 입게 된 《Breakfast at Tiffany's》. 이 책을 작업하는 동안만큼은 한 명의 재단사가 된 기분이었다. 정교하게 책의 치수를 재고, 알맞은 옷감을 고르고, 어울릴 만한 장식을 찾아 더하던 과정이 여행이라는 추억에 옷을 입혀주는 느낌으로 기억된다.

의뢰인도 종종 지난 로마 여행을 추억하고 있을까? 나는 새 맞춤옷을 입은 이 책이 의뢰인의 기억들 속에서 어떤 새로운 추억과 감흥으로 자리하고 있을지 그 안부가 종종 궁금하다. 아무쪼록 책 수선을 통해 추억의 즐거움이 한 겹 더 생겼기를 바라면서.

하루 빨리 우리 모두 다시 자유롭게 여행을 다닐 수 있는 시간이 오길 바라는 마음으로, 다시 한 번 프랑스의 헌책방들을 돌아다니며 아름다운 책을 발견할 수 있게 되길 바라는 마음으로 미리 한 번 말해본다. Bon Voyage(여행 잘 다녀오세요)!

오늘도 무사히 책 수선가입니다

한국에서 책 수선가는 그리 흔한 명칭이 아니다. 어쩌면 복원가나 제책가 같은 이름이 사람들에게 조금 더 익숙할지도 모르겠다. 하지만 이 명칭들 모두 내가 하는 일을 정확히, 혹은 충분히 담아내지는 못했다. 그래서 한국에 돌아와 일을 시작하기 앞서 가장 먼저 해결해야 했던 건 일단 이 직업이 하는 일과 함께, 내가 지향하는 방향을 잘 담아줄 이름을 찾는 일이었다.

망가진 책을 고치는 일을 표현한다고 했을 때 사용할 수 있는 몇 가지 단어들이 있다. 일단 내가 사용하고 있는 '수선'이 있을 테고 그 외에 '복원', '보수', '수리' 등이 있는데, 그 단어들 중에서 '수선'을 선택한 것에는 나름의 이유가 있다.

'수선'의 사전적 의미는 '낡거나 헌 물건을 고침'이다. 그리고 유의어로는 '수리'가 있다. 망가진 책을 고치는 일을 위한 표현을 생각했을 때 수선과 수리는 내가 가장 먼저 떠올린 후보들이기도 하다.

'수선'이라는 일상적 친숙함이 깃들기를

일단 보수, 복원과 같은 단어들보다 우리가 조금 더 흔히 일상에서 접하고 사용하는 말이라는 점에서 좋았다. 책 수선은 잘 알려지지 않은 분야라 사람들에게 어렵게 느껴질 수도 있겠다는 걱정도 많이 들었기 때문에 옷 수선, 구두 수선, 시계 수리와 같이 수선과 수리라는 단어가 주는 일상적인 친숙함이 이 일에도 깃들기를, 또 망가진 책을 고쳐가며 읽는 일이 사람들에게 보다 일상적인 경험이 되길 바라는 마음이 컸다.

수선과 수리, 두 후보를 두고 좀 더 자세한 용례들을 찾아보기 시작했다. 그러다 이전엔 미처 알지 못했던 상세한 의미들을 알게 되었는데, 그건 바로 '수리'는 기계를 고치는 일에 사용하기 적합한 단어이고, '수선'은 천과 같은 직물을 고치는 경우에 더 적합하다는 점이다.

그 사실을 안 순간 머릿속이 명쾌해졌다. 왜냐하면 종이와 천은 많은 점에서 닮아 있기 때문이다. 종이는 보통 식물성 섬유질(펄프)이 특정, 혹은 무작위로 배열되는 과정을 거쳐 만들어지고, 그 과정과 만듦새는 씨실과 날실로 직조되는 천과 제법 닮아 있다. 책은 그런 종이들의 묶음이라는 점에서 수선과 수리 중 내가 어떤 단어를 선택해야 할지는 분명해 보였다.

그렇게 '재영 책수선'이라는 이름을 정하고, 2018년 2월에 첫 작업실을 열었다.

연남동의 재영 책수선 작업실

SNS 해시태그 많이 다는 법 배우기

작업실을 열기로 결정했을 때 처음부터 끝까지 가장 걱정되는 부분은 '과연 책 수선을 맡기는 사람이 있을까?'였다. 하지만 다행히도 정작 그 부분은 별 문제가 되지 않았다. (하, 다시 한 번 강조하고 싶다. 정말 다행이다.)

더 큰 문제는 그간 전혀 경험해보지 못했던, 현실적이지만 낯선 어려움들이었다. 개인 작업실을 운영하는 일은 난

생처음 해보는 일이다. 늘 회사나 학교에 직원으로 소속되어 일했기 때문에 나에게 주어진 업무 이외에 해야 하는 일들이 그렇게나 많을 줄 몰랐다. 아니, 사실 어깨너머로 보고 들으며 꽤 각오를 하고 있었지만, 그보다도 훨씬 더 복잡하고 어려웠다는 게 문제였다.

미국에서 연구실에 소속되어 직원으로 일할 때와 한국에서 독립된 작업실을 운영하는 대표로서 일을 할 때 배운 기술들을 한번 비교해보았다.

2014~2017 (미국 / 연구실 직원)	2018~현재 (한국 / 작업실 대표)
• 칼 쓰는 법	• 사업자등록하는 법
• 자 쓰는 법	• 작업실 계약하는 법
• 붓 쓰는 법	• 임대보증금 보호받는 법
• 망치 쓰는 법	• 세금 신고하는 법
• 실과 바늘 쓰는 법	• 정산하는 법
• 종이 만드는 법	• 한국에서 재료 구하는 법
• 가위 쓰는 법	• 미팅하는 법
• 접착제 만드는 법	• 촬영하는 법
• 접착제 바르는 법	• 기록하는 법

- 책 해체하는 법
- 책 만드는 법
- 종이 상태 점검하는 법
- 책 구조 파악하는 법
- 화학 상성 반응 계산하는 법
- 재료 구분하는 법
- 예산에 맞게 처치하는 법
- 파손 부위 응급처치 하는 법
- 실수하는 법
- 혼나는 법
- 실수를 수습하는 법
- 기다리는 법
- 도구 관리/청소하는 법
- 관련된 모든 용어들을 영어로 배우는 법 등
- 의뢰인과 계약하는 법
- 의뢰 받는 법
- 의뢰 거절하는 법
- 공손하게 화내는 법
- 웃으면서 화 참는 법
- 영어로 배운 관련된 모든 용어를 일본어의 영향을 받은 한국 은어로 다시 익히는 법
- 홍보하는 법
- 영업하는 법
- SNS 해시태그 많이 거는 법 등등

농담 같지만, 실은 꽤 진지하게 말하고 싶은 내용들이다. 특히 SNS에서 해시태그를 많이 다는 법은 어쩌면 요즘 시대에 사업을 하는 사람이라면 싫든 좋든 가장 먼저 익혀야 하는 기술일지도 모른다는 생각을 정말로 진지하게 하고 있다. 비록 난 여전히 능숙하지 못하지만.

연구실에 속한 직원일 때는 내가 맡은 책만 책임을 지면 되

는 방식이었다. 행여 실수를 하더라도 그걸 함께 커버해줄 상사도, 시스템도 있었다. 그렇게 책 수선가로서만 살아갈 수 있었던 환경이었다면, 지금은 그렇지가 않다.

책 수선가로 일을 하다가도 1년에 두세 번은 꼼꼼한 세무사가 되어야 하고, 매번 발 빠른 마케터가 되어야 한다. 스스로 이달의 우수 영업사원이 되어야 할 때도 있고, 밤이고 낮이고 친절 상담원이 되기도 한다. 하루에 주어진 시간은 여전히 똑같은데 책임져야 할 본업은 많아진 셈이다.

한때 '나는 망가진 책을 고치는 사람이야! 책 수선 이외의 것들은 내 본업이 아니야!'라고 믿었던, 아니, 믿고 싶었던 적도 있었다. 하지만 현실은 그렇게 간단하지가 않더라. 세무, 회계, 홍보, 상담 등등을 모두 외주로 맡길 만한 여유가 없는 1인 자영업자라면 결국 모두 다 내 본업이 맞고, 그렇게 생각하며 일을 해야 사업이 굴러간다.

사업자등록을 하기 위해 세무서를 찾아갔을 때는 난생 처음 듣는 '책 수선'이란 직업 때문에 이걸 어느 업종 코드로 분류해서 등록해야 할지, 과연 예술이냐, 서비스냐, 출판이냐 등등을 놓고서 세무서 직원들끼리 작은 논쟁이 벌어지기도 했다.

그 웃지 못할 상황을 지켜보며 앞으로 내가 이 일을 하면서 감당하고 이해시켜야 할 벽이 어느 정도의 두께인지 막연하면서도 총체적으로 와닿는 기분이었다. (결국 서비스 업종으로 분류되었다.)

인프라가 잘 구축된 연구실에서 직원으로 소속되어 일하는 것과 책 수선에 대한 인식이 높지 않은 환경에서 독립적인 작업실의 대표가 되어 일을 하는 것 사이에는 큰 차이가 있었고, 그렇게 좌충우돌을 겪으며 재영 책수선은 올해로 4년째에 들어섰다.

언제나 모든 책이 희귀서적이라는 긴장감

그동안 의뢰로 참 다양한 책들이 여러 가지 파손의 형태로 들어왔다. 어렸을 때 가장 좋아했던 동화책, 여행을 가서 구입한 헌책, 컬렉션으로 모은 책, 부모님의 유품으로 남은 일기장, 대대로 물려받은 사전이나 성경책, 부모님께서 연애 시절 주고받은 편지들, 친구와의 여행 일지를 적은 노트, 구매하고 보니 망가져 있던 중고책, 요리책, 악보, 좋아하는 소설책, 100년도 넘은 고서적들, 이제는 구하기 힘든 만화책 등등, 무엇 하나 각자의 사연이 없는 책들이 없었다.

그렇기 때문에 도서관 내 연구실에서 끊임없이 들어오는 책들을 하루에 몇 권씩 기계적으로 고칠 때와는 다른 태도가 필요했다. 도서관에서는 일반 서적부터 희귀서적까지, 그 가치가 다양한 범위의 책들을 모두 담당했다면, 재영 책수선에서는 그렇지가 않다. 언제나 모든 책들이 세상에 단 한 권밖에 없는 희귀서적이라는 긴장감으로 일을 하고 있다.

여기서 말하는 가치는 값비싼 재화의 기준이 아니다. 주인이 그 책을 소유하고 경험한 시간들, 그 속에서 본인과 책만 아는, 그 둘 사이에 있었던 소리 없는 대화의 흔적을 의미한다. 아무리 똑같은 연도에 발행된 같은 책을 구한다고 하더라도, 본인이 어릴 때 좋아했던 색깔의 색연필로 좋아하는 주인공의 이름을 써가며 읽은 책과 같은 가치를 가질 수는 없을 것이다.

책이 간직한 기억이 메아리처럼 울린다

이런 대체할 수 없는 가치의 무게 때문에 작업을 하면서 매 순간 실수를 하면 안 된다는 부담감이 큰 것도 사실이다. 하지만 그만큼 수선을 끝내고 났을 때 메아리처럼 되돌아오는 책이 가진 기억의 울림 역시 크다. 그런 경험들이 쌓여가면서 책 주인과 책의 연결고리를 다시 튼튼하게 엮는 이 직업에 대해 나 역시 이전과는 다른 마음과 태도를 다지고 있다.

물론 의뢰로 들어오는 책이라고 해서 언제나 오래되고 특별한 사연이 있는 건 아니다. 그저 망가진 부분만 기능적으로 고치면 되는 경우도 많다. 예를 들어, 단순히 한 페이지가 떨어지거나 찢어진 경우도 있고, 심미적인 고려 없이 튼튼하게 고쳐지기만 하면 되는 의뢰도 들어온다.

하지만 그런 책들도 망가졌다고 해서 그냥 버려지거나 새 책으로 대체되는 것이 아니라, 수선을 해서 고쳐 쓰는 경험, 즉 '책 수선'을 통해 이제는 되려 특별한 책이 되었다고 말씀해주시는 분들 덕분에, 나 역시 연구실에서 일을 할 때보다 한 번 더 확장된 책 수선가의 세계를 경험하고 있다.

이를테면, 내가 가진 능력을 책의 망가진 부분을 고치는 '기술'로만 인식하던 태도에서 그 과정과 결과물에 대한 가치를 스스로 좀 더 인지하고 탐구할 수 있게 되었다. 사실 도서관에서 일을 할 땐 책 수선에 대한 기대와 가능성에 대해 지금만큼 깊이 생각해본 적이 거의 없었다.

이유는 단순하다. 말 그대로 그 정도의 감흥을 주는 책들이 아니었으니까. 잦은 대출과 불량 대출자로 인해 망가진 책을 상사의 요청에 따라 수선을 하기만 하면 되는 일이었다. 희귀서적일 때도 집중도가 좀 더 높아질 뿐, 어떤 감흥이 따로 있는 건 아니었다.

요즘은 심지어 희귀서적 대부분이 수선을 거친다 하더라도 실물 책은 꽁꽁 싸여 어두운 보관실로 들어가고 특수 스캔과 같은 디지털 아카이빙을 통해 온라인상으로 공개되는 경우가 더 많다. 그래서 이전에는 책이 하나의 사물로써 사람 마음에 얼마나 깊이 들어갈 수 있는지, 어떤 흔적을 얼마나 짙게 남길 수 있는지 진지하게 생각해본 적이 별로 없었다.

하지만 지금은 각각의 사연이 담긴 책과 주인과의 관계, 그 관계에서 파생하는 감정들이 물 위에서 파동을 일으키며 매번 내게 와닿는다. 예전엔 그 물의 언저리에 그냥 가만히 서 있었다면, 지금은 그 파동의 중심으로 한 발자국씩 조금 더 깊이 들어가고 있다.

한국에서 작업실을 오픈한 지 얼마 되지 않았을 무렵, 몇몇 인터뷰에서 책 수선가로서 앞으로의 계획이나 바람에 대한 질문들을 받은 적이 있다. 그때는 멀리 내다볼 여유가 없어서 당장 1년 뒤에도 이 일을 하고 있길 바랄 뿐이라고 대답했다.

하지만 그 질문을 4년이 지난 지금 다시 받는다면 대답이 달라질 것 같다. 많은 걱정과 노파심 속에서 지난 몇 년간 생각보다 잘 살아남았으니 앞으로는 오랫동안 이 일을 하면서 앞서 말한 세계의 확장을 꾸준히 경험하는 것, 그리고 그 확장의 경계에서 다양한 감각의 재미를 찾는 것. 이 두 가지가 계속해서 가능하길 바란다고 답하고 싶다.

시간의 흔적을 관찰하는 일

보통 한 권의 새로운 책이 세상에 나와 한 사람의 손에 들어오기까지 얼마나 많은 사람의 손을 거치게 될까? 언뜻 생각나는 대로만 나열해봐도 작가, 삽화가, 번역가, 편집자, 기획자, 디자이너, 사진가, 인쇄 전문가, 후가공 전문가, 제지업자, 법률팀, 마케터, 판매처 직원들, 배송업자, 총무팀 등등 열댓 명이 훌쩍 넘는 숫자다.

이렇게나 많고 다양한 분야의 사람들이 책 한 권을 위해 서로 긴밀히 협동하고 움직인다고 생각하면 책이라는 건 새삼 수많은 노력이 압축된 물건이다. 하지만 조금 다른 시선으로 보면, 출간하여 판매하기까지 관계가 복잡한 만큼 어느 한 곳에서 이해관계가 틀어져버리면 무사히 한 권의 책으로 만들어지기가 어렵다는 말일 것이다.

책 수선도 마찬가지다. 새로운 책을 만들어내는 일과는 조금 다른 조건들이기는 하지만, 책을 점검하는 일부터 본격적으로 수선하고 마무리하기까지 많은 단계를 거치게 된다. 이제 이야기할 책도 사전 점검과 시작 전후 사진 촬영, 그리고 세세한 수선 과정을 헤아려보니 모두 49단계의 과정이 필요했다.

책을 수선할 때 거쳐야 하는 단계가 늘어난다는 건, 선택하고 결정해야 하는 부분이 많아진다는 뜻이고, 또 그만큼 노동이 더 들어간다는 걸 의미한다. 또 하나 결정적인 부분은, 그렇게 늘어나는 노동력은 견적과 비례한다는 점이다. 그리고 견적이 높아질수록 작업이 무산될 가능성도 높아진다는 슬픈 현실까지.

그렇다 보니 종종 재료나 기술, 혹은 예산의 문제로 최선보다는 차선을 선택할 수밖에 없을 때가 있다. 아쉽게도 애초에 수선을 시작도 못하게 되는 경우도 있다. 내가 최선이라고 생각해서 제안하는 방향이 의뢰인의 입장에서도 언제나 최고라고 받아들여지는 건 아니기 때문에 이해관계 안에서 많은 조율이 오가게 된다.

책 수선가로서 생각하는 최고의 최선, 의뢰인이 생각하

는 이상향의 최선, 그리고 예산과 견적에 의해 조율된 최선까지. 의뢰로 들어오는 각각의 책에 어떤 최선을 다하게 될지를 결정하는 일은 매번 복잡하고 예민하고 고민이 되는 부분이다. 마음 같아서는 A 방향으로 한 치의 모자람 없이 완벽한 수선을 하고 싶지만 기술이나 예산이나 재료 등등의 한계로 B나 C라는 차선을 선택해야만 할 때 아쉬움이 크게 남는 건 어쩔 수가 없다.

그러다가도 가끔은 이번 책처럼, 그런 아쉬움을 모두 날려버리는 의뢰가 들어올 때도 있다. 말 그대로 모든 최선을 나에게 맡긴, 처음부터 끝까지 책 수선가가 원하는 대로 할 수 있는 그런 경우다.

오늘의 책

FOYERS ET COULISSES – OPERA Vol. 1~3

조르주 델리 지음, 트레스, 1875

이런 행운을 안고 온 책의 제목은 〈FOYERS ET COULISSES – OPERA Vol. 1~3〉이다. 제목을 번역하자면 '대기실과 무대

뒤'라는 뜻으로, 파리 극장에 대한 역사적 일화를 담은 책인데, 그중에서도 이 세 권은 오페라 극장에 관한 시리즈다. 출판된 지 무려 145년이나 지난 책들이다 보니 세월의 흔적이 곳곳에 많이 남아 있었다. 뜯어지고 헐거워진 제본, 조각나서 떨어지고 있는 책등의 표면과 군데군데 찢어진 낱장들까지.

이 책들은 취미로 연극과 무대에 관한 옛 자료들을 수집하는 의뢰인이 프랑스 헌책방에서 구하셨는데, 상태가 좋지 않아 그동안은 조심스레 보관만 해오셨다고 한다. 이렇게 파손이 심한 책이 의뢰로 들어오면 우선 수선에 들어가기 전에 의뢰인과 많은 이야기를 나눈다. 어떤 방식의 수선이 적합할지, 작업이 가능한 부분과 불가능한 부분에 대한 이야기들, 특히나 새 표지를 만들어야 하는 상황이라면 취향과 디자인에 관해 더욱 더 많은 논의를 거친다. 그리고 바로 그 단계에서 보통 '조율된 최선'이 정해지곤 한다.

하지만 이 책은 상황이 조금 달랐다. 의뢰인이 원하는 건 '나뉘어져 있는 세 권의 책을 한 권으로 만들어 편하게 펼쳐볼 수 있게 되는 것', 오직 이 조건 하나뿐이었다. 새 표지의 재료나 디자인, 후가공 등등에 대해 물어보았을 때 되돌아온 대답은 지금 다시 생각해보아도 그때처럼 신이 난다.

"Surprise me! I believe in your senses."

(나를 놀라게 해줘! 너의 감각을 믿어.)

말 그대로 나를 믿고 수선 방향과 디자인에 관련된 모든 선택들을 전적으로 맡긴다는 뜻이었다. 적지 않은 금액을 지불하면서 모든 기획과 선택을 제작자에게 일임하는 일은 생각보다 쉽지 않은 신뢰다. 흔치 않은 일이기도 하고. 아마도 이 의뢰인은 이 책들을 맡기기 전에도 이미 나에게 몇 권의 책들을 의뢰하면서 신뢰가 쌓였던 터라 서슴없이 이런 과감한 요청을 할 수 있었을 것이다.

원본은 실로 제본되어 있었는데, 거의 모든 부분이 헐거워졌거나 풀려서 아슬아슬하게 남아 있는 상태라 이미 제 기능은 상실한 상황이었다. 느슨하거나 빠진 실을 제자리를 찾아 넣어주고, 또 알맞은 장력으로 다시 조정하고, 짧아진 실은 연장을 해가며 우선 세 권의 제본을 각각 따로 수선하는 일부터 시작했다.

이 책들은 처음부터 한 장씩 실로 꿰는 일반적인 실제본과는 조금 다르게 접근을 해야 했는데, 마치 각 책들 사이에 튼튼한 디딤돌을 놓고 그것들을 다시 실로 엮어주는 방식으

FOYERS
ET
COULISSES
HISTOIRE ANECDOTIQUE
DE TOUS LES THÉATRES DE PARIS
OPÉRA
TOME III
AVEC PHOTOGRAPHIES
PARIS
TRESSE, ÉDITEUR
GALERIE DE CHARTRES, 10 ET 11
PALAIS-ROYAL

FOYERS

ET

COULISSES

HISTOIRE ANECDOTIQUE
DE TOUS LES THÉATRES DE PARIS

OPÉRA

TOME Ier

AVEC PHOTOGRAPHIES

PARIS
TRESSE, ÉDITEUR
GALERIE DE CHARTRES, 10 ET 11
PALAIS-ROYAL

MDCCCLXXV

로 진행했다.

새 표지의 디자인을 결정하면서는 그저 단순하고 깔끔하게 만드는, 비교적 쉬운 선택을 할 수도 있었지만, 마음껏 해볼 수 있는 기회를 그렇게 써버리기엔 너무 아깝다는 생각이 들었다. 이 책과 어울리는 표지를 구상하는 과정에서 가장 많이 고려한 건 이 책이 버텨온 145년이란 세월과 '극장'이라는 책의 내용이었다.

수많은 무대를 올리면서 배우들의 발자국으로 길이 들어 반질반질 윤이 나는 오래된 극장 무대의 나무바닥, 어두운 공간 안에서 두꺼운 장막이 하나씩 걷히며 조명에 비춰지는 먼지들의 반짝임, 무대를 가득 채우는 배우들의 노래와 표정과 같은 모습들 말이다. 한 권으로 합쳐진 대략 가로세로 13×16(센티미터)의 이 작은 책을 오래된 극장의 분위기를 담은, 길이 잘 들어 반짝반짝 윤이 나는 나무바닥의 무대를 닮은 책으로 만들어보고 싶었다.

오래된 극장 무대의 나무바닥을 상상하며

책 표지는 길이 잘 든 나무바닥처럼 자연스럽게 윤이 나는 질은 갈색 가죽으로 감쌌고, 활자를 하나씩 조판한 메인 제목 'FOYERS ET COULISSES'는 책등에, 파트 제목인 'Opéra'는 책을 처음 넘길 때 손이 가장 먼저 닿는 위치의 앞표지에 넣어 전체적인 균형을 잡았다. 표지에 여러 활자를 이용하여 즐거움을 주되 안정감이 있는 최적의 위치를 선택하는 일은 늘 고민이 많이 되지만 그만큼 완벽한 위치를 찾아냈을 때의 짜릿함 역시 커서 좋아하는 과정 중 하나다.

그리고 이 책에는 숨겨놓은 장식이 하나 있다. 이 장식의 영감이 된 장면은 오래전, 비록 프랑스 오페라는 아니지만, 친구와 함께 연극을 보러 간 기억에서 가지고 왔다. 공연이 막 시작되려고 할 때 조명이 켜지면서 극장 내 먼지들이 불빛에 반사되어 반짝이던 순간, 그 아름다움에 마음을 온전히 빼앗겼던 적이 있다. 이 책을 처음 봤을 때부터 그 장면이 계속해서 선명하게 떠올라 나도 이 책 어딘가에 그런 반짝임을 살짝 숨겨놓고 싶어졌다.

운이 좋게도 이 책은 배면이 고르게 정리되지 않은 방식으로 만들어져서 표지에 좀 더 넓은 마진이 생겼다. 덕분에 작은 반짝임을 숨겨놓을 공간도 좀 더 여유로워졌다. 어떤 형태의 반짝임을 넣을지 고민하다 이왕이면 원본의 표지에 사용된 문양을 이용하기로 했다. 금박의 위치를 보면, 겉에서

봤을 때는 쉽게 눈에 띄지 않는 곳이라 책장에 꽂아놓거나 책상 위에 올려두었을 땐 아예 보이지 않는다. 하지만 책을 들었을 때, 펼칠 때, 움직일 때 잠깐씩 드러나며 빛을 낸다. 그늘진 곳에 살짝 놓아둔 반짝임, 이 책에 꼭 담고 싶었던 작은 빛이다.

아름다움의 실마리를 찾는 재미

이번 책처럼 수선과 동시에 새로운 디자인을 만들어내야 할 때는 책을 어떻게 해석하고 방향을 잡아 나아갈지에 대한 고민에 많은 시간을 쏟는다. 그 방향을 결정하기 위해 의뢰인과 함께 논의를 거치면서 서로 주고받는 제안과 선택들이 조화를 이루는 순간도 즐겁지만, 이 책처럼 처음부터 끝까지 혼자서 모든 것을 결정하는 상황은 또 다른 즐거움을 준다.

결과물들이 모두 나의 선택에 의한 것이기 때문에 처음엔 완성된 책이 의뢰인의 마음에 들지 않을 수 있다는 걱정도 크다. 하지만 다행히도 책이 가지고 있는 시간의 흔적들과 기억들을 자세히 관찰하고 이해하는 데에만 온전히 집중을 하다 보면 그런 걱정이 조금씩 옅어진다.

책이 가진 시간의 기억들 속에서 아름다움을 위한 최선의 실마리들을 찾는 재미, 그리고 그 선택들로 인해 점점 더 선명해지는, 결국엔 분명 아름다운 책이 될 거라는 확신이 주는 쾌감, 그리고 그걸 온전히 믿어주는 의뢰인의 신뢰까지. 이 세 가지가 잘 맞아떨어지면 책 수선가는 짜릿함을 경험하게 된다. 이 책이 나에게 남긴 것처럼 말이다.

가죽은 나무처럼 손길이 닿고 시간이 지날수록 길이 들

FOYERS et COULISSES

opéra

고 윤이 난다. 새 가죽커버를 가지게 된 145세의 책 《FOYERS ET COULISSES》도 앞으로 오래된 오페라 극장 무대의 아름다운 나무바닥을 닮아가게 될까? 시간이 지날수록 더 아름다워지길, 오래도록 아름답게 반짝이길 바란다.

버터와 밀가루의 흔적을 쌓아가기를

태어나서 처음으로 혼자서 만든 요리는 스크램블드에그였다. 초등학교 2, 3학년 때쯤, 부모님의 도움 없이 오롯이 혼자서 만들었던 요리였다. 계란 두 개를 깨트려 우유와 소금을 조금 넣고 젓가락으로 휘휘 저어 섞어두고, 팬을 달구고 식용유를 살짝 두른 뒤 계란물을 좌르륵 부어 젓가락으로 재빨리 뱅글뱅글 돌려가며 익히는 재미가 좋았다. 요즘도 스크램블드에그를 만들 때면 까치발 서서 만들던 어릴 적이 생각난다.

어린 마음에도 처음부터 끝까지 어떤 과정을 하나씩 거치고 나면 먹을 수 있는 맛있는 무언가가 짠하고 생겨난다는 것에서 재미와 기쁨을 느꼈던 게 아닐까 싶다. 게다가 워낙에 계란 요리를 좋아하기도 하고.

어릴 때부터 요리하는 걸 좋아하는 편이었고 지금도 여전히 좋아한다. 맛있는 음식을 먹는 걸 좋아하는 가족 분위기 덕분에 어렸을 때부터 집에는 늘 다양한 요리책이 있었던 영향도 큰 것 같다. 책 속의 레시피와(아무래도 요리책의 글은 길이가 짧아서 좋아했던 것 같지만.) 군침이 도는 사진들, 어딘가 조금 과하고 촌스러운 듯 화려하고 정감 가는 당시 테이블 세팅과 음식 데코레이션 사진들까지. 어린이의 시선을 뺏기 위한 책으로 요리책은 동화책만큼이나 매력이 넘쳐났다. 혼자 살기 시작한 이후로도 궁금한 요리책은 꼭 사 모았고, 해외로 여행을 가면 잊지 않고 그 나라의 요리책을 한 권씩 사오곤 한다. 이번에 소개할 책도 의뢰인이 홍콩의 어느 헌책방에서 사온 요리책이다.

오늘의 책

Recipes from Scotland

F. 마리안 맥닐 지음, 앨빈, 1976

귀여운 붉은 체크 패턴의 표지만 봐도 어느 나라의 요리책인지 금방 눈치를 챌 수 있을지도 모르겠다. 스코틀랜드의 음식

레시피들로 가득한 이 책은, 1976년 출판 당시 이미 열네 번째 개정판인 걸로 보아 영국에서 오랫동안 상당히 인기가 많았던 요리책인 것 같다.

나는 영국 음식을 제대로 먹어본 적이 없는데, 이 나라 음식에 대해 아는 거라고는 '영국엔 맛있는 게 없다'는, 농담인지 진담인지 잘 모르겠는 말들뿐이라 그 와중에 이렇게나 인기가 있었던 스코틀랜드의 요리책을 만나니 이 레시피들이 더욱 궁금해졌다. (영국에서 오래 살다가 온 친구의 말로는 영국에서 스코틀랜드의 음식이 그나마(?) 맛있다고 한다. 정말일까?)

나는 책을 수선하기 전에 훼손된 부분의 구석구석을 살펴보고 관찰하기를 좋아한다. 그 모습들을 수집하기 위해 책 수선을 한다고 말할 정도니까. 그 이유는 아마도 축적된 시간의 흔적에 매료되기 때문이 아닐까 싶다. 태양빛이, 공기 중의 물방울이, 또 사람의 손끝이 닿고 그렇게 시간이 지나면 책의 형상이 조금씩 달라진다는, 어쩌면 당연하다고 볼 수 있는 그 인과관계가 만들어내는 모습은 늘 흥미롭다.

특히나 적극적인 독서 환경에 놓여서 훼손될 확률이 높은 책이라면 그 즐거움은 더욱더 커진다. 예를 들면 동화책이 있다. 에너지가 넘치거나 아직 힘 조절이 서툰 어린이들이 보

는 동화책은 온갖 낙서와 구겨짐, 찢김, 갈라짐, 엎지른 주스와 눌어붙은 초콜릿의 흔적들까지, 파손된 책의 형태를 모으는 나에겐 마치 한 권의 놀이동산과도 같다.

요리책도 마찬가지다. 요리를 하면서 보기 편하게 잘 펼쳐놓으려고 페이지를 꾹꾹 눌러둔 탓에 갈라진 제본이라든가, 맘에 드는 레시피를 표시하기 위해 접어놓은 페이지 모서리들, 타닥타닥 튄 기름 자국들, 종이를 쓱 닦아내면 아직도 하얗게 묻어나오는 밀가루인지 소금인지 설탕인지 모를 가루들, 레시피들 사이사이 적혀 있는 자기만의 '꿀팁' 메모들까지. 망가진 동화책이 한 권의 왁자지껄 놀이동산이라면 망가진 요리책은 한 권의 불꽃놀이 같은 즐거움이다.

아쉽게도(?) 나에게 의뢰로 들어온 이 작고 얇은 요리책은 위에서 말한 파손의 흔적들이 많이 남아 있는 경우는 아니었다. 겉으론 많이 망가진 듯 보여도 책등의 표면만 일부 훼손된 상태라 실제로 넘겨보는 데에는 큰 무리가 없었다. 요리책 특유의 파손이 없는 건 내심 아쉬웠지만, 그래도 이 책의 훼손된 모습으로 유추해볼 때 그동안 어떻게 보관되어왔는지 상상해보는 재미가 있었다.

일단 제본과 내지가 상당히 양호하다는 사실 하나, 유난히 책등만 참 많이도 해지고 변색이 심하다는 사실 둘, 그리고 헌책방에서 구입했다는 사실 셋까지. 이 세 가지 사실로 짐작건대, 이 요리책은 안타깝게도 실제로 요리하는 데 쓰였던 시간보다는 집에서든, 헌책방에서든 책장 속 다른 책들 사이에 꽂혀 사람들에게서 잊힌 세월이 훨씬 더 길었을 거라 예상된다. 책등은 책이 책장에 꽂혀 있을 때 가장 외부로 노출되는 부분이라 유난히 변색과 산화가 심하기 때문이다. 요리책이 요리책으로써 읽힐 기회가 적었다고 생각하면 조금 안타깝지만, 그 덕분에 의뢰인은 비교적 양호한 상태의 책을 갖게 되었으니 어찌 보면 그건 그대로 또 기쁜 일일지도.

아직 제본과 내지의 종이 상태가 양호한 편이라 책등만 좀 더 튼튼히 보강을 해주기로 했다. 표지 앞뒤가 똑같은 디자인으로 이루어져 있어서 다행히 새 책등으로 어울리는 재질을 찾는 건 어려운 일이 아니었다. 강렬한 붉은 색의 재질로 덧입히면서 동시에 원본에는 없었던 헤드밴드와 가름끈도 더해주었다. 요리책인 만큼 편리하도록 가름끈은 녹색으로 두 개를 넣어주었는데 붉은 책등과는 보색의 대비를 이루어 스코틀랜드 특유의 붉은 체크 패턴의 분위기가 조금 더 귀엽고 발랄하게 정리되었다.

이 책은 앞으로 어떤 요리책이 되어갈까? 홍콩의 헌책방을 떠나 요리를 즐겨 하는 의뢰인의 집으로 가게 되었으니, 이 책 역시 앞으로는 페이지 군데군데 버터와 밀가루의 흔적들을 쌓아가게 될까? 아니면 안전한 책장 속에서 다른 요리책들과 함께하며 이국적인 요리가 필요한 특별한 날을 기다리게 될까? 어느 쪽이든 이제 다시 요리책 본연의 역할로 제자리를 든든하게 지킬 수 있게 된 것 같아 내 마음도 즐거워졌다.

Recipes
from
Scotland
F. MARIAN McNEILL

—*—*—*—

제 입맛에 최적화된 스크램블드에그 레시피를 공유해봅니다.

재료 (1인분)

- **계란 3개** 영화 〈줄리 앤 줄리아〉에서 버터는 많을수록 좋다고 했는데, 저에겐 계란이 늘 그렇습니다. 2개는 부족해요. 꼭 3개로! 4개도 좋아요.
- **우유 조금** 밥숟가락으로 한두 스푼
- **소금 한 꼬집**이라고 요리책에 적혀 있으면 대체 얼마나 넣으라는 건지 조금 당혹스럽지요. 어차피 나중에 케첩을 뿌려 먹을 거니 소금은 넣지 않아도 상관없다고 생각합니

다. 넣는다면 티스푼의 반의 반의 반 정도?

- **버터 한 조각** 밥숟가락으로 넉넉히 한 스푼, 버터가 없으면 식용유를 팬에 두 바퀴 정도 둘러주세요.
- **케첩** 가끔은 핫소스도 함께 뿌려 먹어요.

조리 방법

- 그릇에 계란, 우유, 소금을 모두 넣고 잘 풀어놓습니다.
- 중불에서 프라이팬을 **충분히** 달궈줍니다.
- 약불로 줄인 후 버터를 넣어 골고루 녹입니다.
- 풀어놓은 계란의 2/3 정도를 먼저 붓고, 나무젓가락이나 주걱으로 빙글빙글 원을 그리며 재빨리 휘저어줍니다. (팬에 계란물을 부었을 때 즉각적으로 취이익거리며 익어갈 정도면 적당.)
- 몽글몽글 뭉치며 익어간다 싶을 때 다시 중불로 해준 다음 남은 계란물을 모두 휘휘 둘러 붓고 젓가락으로 한 번 더 뱅글뱅글 저어가며 살짝 익힙니다.
- 그릇에 담아 케첩을 뿌립니다.
- 냠냠.

당신의 찢어진 1센티미터는 어디인가요?

책 수선 의뢰 메일을 받을 때 많은 분들이 말머리처럼 꼭 미리 덧붙이는 말이 있다. '이건 그렇게 오래된 책이 아니지만……' '그렇게 심하게 파손된 건 아니지만……' 뒤에 이어지는 설명들을 보면 대부분 그 속뜻은 '그렇게 귀하거나 오래되었거나 많이 파손된 책이 아닌데도 수선을 해주나요?'라는 뜻이다.

아무래도 홍보를 할 때는 파손이 심해 수선 전후 모습이 확연하게 차이가 나는 책들 위주로 공개하다 보니 이렇게 조심스레 물어보시는 것 같다. 그리고 나의 대답은 언제나, "네. 물론입니다."

그래서 이번에는 그동안 의뢰를 맡았던 책들 중에서 가장 작은 규모의 파손이 있었던 책을 소개할까 한다. 의뢰로 들어온 책은 2019년 11월에 발행된 〈Lego Hidden Side Issue 2〉다. 레고 팬들을 위한 월간지인데, 으스스하고 무서운 테마로 팬덤도 두텁고 과월호 중 일부는 구하기도 쉽지 않다고 한다. 의뢰인이 나에게 맡기신 발행 2호 잡지도 꽤 어렵게 구하셨다고.

오늘의 책

Lego Hidden Side Issue 2(UK ver.)

이미디어트미디어, 2019

책은 대략 A4 용지 정도의 크기였는데 한눈에 슬쩍 보아서는 어디인지 알아차리기 어려울 만큼 미세한 파손이 있었다. 여러분은 찾으셨는지?

책 표지 우측 하단을 보면 대략 1센티미터 정도 찢어진 부분을 확인할 수 있다. 잡지에 많이 쓰이는 얇은 코팅 종이의 내구성을 생각하면 이 이상 찢어지지 않은 건 운이 좋았던 것으로 보인다. 비록 1센티미터 남짓한 작은 규모의 파손이지만, 예전에 큰맘을 먹고 다소 비싼 가죽 신발을 사서 집에 온 첫날, 당시 같이 살던 토끼 페퍼가 1센티미터 정도 갉아먹어서 순간 소리 없는 비명을 질렀던 기억이 있어서 의뢰인이 나에게 이 책을 맡긴 그 마음도 십분 이해할 수 있었다. (여담이지만, 나도 페퍼가 갉아먹은 부분을 수선할까 내내 고민했더랬다. 하지만 페퍼가 갑작스럽게 내 곁을 떠난 후에는 그 흔적을 그대로 간직하기로 했다. 신발에 남은 페퍼의 앞니 자국을 볼 때마다 마음이 따뜻해지기도 하고 슬퍼지기도 한다.)

이런 작고 섬세한 파손을 다룰 땐 커다란 돋보기와 예리한 도구들을 손에 쥐고 우선 심호흡부터 한 번 하고 시작한다. 일단 시작하면 재빠르고 정확하게 끝내야 하기 때문이다. 잡지에 쓰이는 종이는 얇고 코팅이 되어 있어서 수분과 열에 취약한 편이라 변형이 잘 일어난다. 그래서 약품과 접착제를 쓸 때 최소한의 양으로 조심하되, 짧은 시간 내에 정확히 작업을 끝내는 게 가장 이상적이다.

시작하기 전에 양손에 도구를 쥐고 눈앞에 재료들을 순서대로 가지런히 놓아 만반의 준비를 끝내고 머릿속으로 짧은 시뮬레이션을 돌려본 뒤 깊은 심호흡과 함께 작업을 시작한다.

ARGH! HAUNTED PIZZA BOY LEGO® MINIFIGURE!
LEGO
HIDDEN SIDE
HAUNTED PIZZA BOY!
PIZZA
EPIC TOY!
LEGO
HIDDEN SIDE

GHOST ATTACK!
CAN JACK STOP THE GHOULS?
Awesome Posters!
IMMEDIATE MEDIA
6 NOV - 10 DEC 2019
ISSUE 2 £3.99
9 772632 864008 02>
7+

찢어진 부위의 주변을 1차적으로 정리하고, 찢긴 부분의 결을 다시 한 번 정리하고, 접착제와 잉크를 이용해 가능한 한 자연스럽게 재접착을 해준다. 어긋나는 곳 없이 깔끔하게 잘 정리된 결과물을 확인하고 나면 또 한 번 안도의 한숨과 함께 수선이 마무리된다.

만약 가지고 있는 책의 표지가 실수로 1센티미터 정도 찢어진다면 사람들은 보통 어떻게 할까? 만약 본인에게 별다른 의미가 없는 책이라면 아마도 대부분은 개의치 않고 그대로 둘 거라 짐작된다. 아니면 손쉽게 스카치테이프로 붙여버리거나. (중요! 만약 아끼는 책이라면 절대 테이프를 사용하지 말 것. 투명/박스/마스킹테이프는 종이책의 적이다. 중요하니까 다시 강조한다. 테이프는 종이의 적이다!) 아주 소중한 책이라면 아예 새 책으로 다시 구입하는 사람도 있을지 모르겠다.

나는 사실 첫 번째에 해당하는 편이다. 심지어 그게 아끼는 책이라 할지라도. 어쩐지 책 수선가가 본인 책은 잘 고치지 않는다고 말하려니 조금 민망하기도 하지만, 나는 파손된 형태를 좋아하고 수집하기 때문이다.

이 책은 파손이 큰 다른 책 수선들에 비하면 비교적 간단하고 빨리 끝난 편이었다. 하지만 연재 당시 새해를 맞아 무슨 책에 대해 쓸까 고민을 했을 때 가장 먼저 생각이 난 책이기도 했다. 누군가에게 그 1센티미터는 아주 사소한 파손처럼 보일 수도 있다. 굳이 따로 돈을 들여서까지 수선을 맡길 일인지 의아하게 생각하는 사람이 있을지도 모른다.

하지만 수집가의 입장에서 그 1센티미터는 어쩌면 책의 전부일 수도 있다. 찢어진 부분을 다시 붙일 수 있는지 아닌지에 따라 책의 가치가 달라질 수 있다는 의미다. 우선 그 1센티미터를 다시 붙여놓음으로써 생기는 마음의 안도감부터, 적어도 더 떨어지지는 않을 책의 가치, 그리고 무엇보다 앞으로 발생할 수 있는 더 큰 파손을 미리 방지했다는 점까지, 결과적으로는 고작 1센티미터를 다시 붙여놓은 것뿐이지만 실제로는 더 많은 부분에 좋은 영향을 끼친 셈이다.

이 책을 소개하기로 정했던 것도 바로 그런 이유에서였다. 그동안 매년 이런저런 커다란 계획을 많이 세웠다. 하지만 올해는 아주 작은 다짐들에서 시작하려 한다.

누구도 예상하지 못한 코로나 시대를 겪으면서 참 많은 스트레스와 신경전이 있었다. 몇 달간 열심히 준비하고 당장 며칠 뒤로 예정되어 있던 외부 행사들이 취소되기도 했고, 코

로나19로 바깥 외출이 껄끄러워지다 보니 의뢰나 미팅이 취소되거나 연기되어 일정들이 뒤죽박죽되기도 했다. 재료 판매처들이 휴업에 들어가거나 해외배송이 기약 없이 오래 지연되면서 속절없이 기다려야만 했던 나날도 있었다.

하루를 건강하게 살아내는 용기, 월세를 생각하면 답답하지만 그래도 한 달을 더 버텨보는 용기, 사랑하는 이들과 만나고 싶은 마음보다 서로의 안전을 우선하는 용기, 코로나19로 갑자기 취소되거나 어긋나는 일정들에 실망하더라도

다시 다음 일을 도모하는 용기. 당장의 내일과 다음 주와 다음 달 일정을 기약할 수 없는 상황에서 자신이 해나가는 일에 큰 그림을 그리려면 아무래도 예전보다 더 많은 용기가 필요해진 시대가 온 것 같다.

그 용기들의 시작이 크지 않아도 좋겠다. 우리 모두 건강히 오래 걸어가야 하니까. 그래서 예전보다 힘을 빼고 작고 사소한 다짐들만 챙겨보려고 한다. 일단 하루에 물을 500밀리리터씩 더 많이 마시고 90초씩 하던 플랭크를 10초씩만 더

늘리기.

별것 아닌 것 같은 두 가지 일이 나의 찢어진 1센티미터라고 생각하고, 그걸 다시 잘 붙여놓으면 내 삶에도 다른 좋은 영향을 끼칠 거라 믿는다. 남들이 보기엔 아무리 작고 사소해 보여도 본인에게 소중하고 중요한 것이라면 마음에서 놓지 말고 더욱 윤이 나게 간직할 수 있는 오늘을 보낼 수 있기를.

나의 오랜 친구들을 소개합니다 #1

인터뷰를 하거나 지인들과 책 수선에 대해 이야기를 하다 보면 늘 그 주인공은 책이 되곤 한다. 각각의 책에 담긴 사연과 수선 전/후의 모습 들에 대한 이야기가 대부분이다.

하지만 주인공 혼자서는 무대를 올릴 수 없듯이 책 수선에도 드러나진 않지만 책을 이야기의 주인공답게 만들어 주는 다른 스태프들이 많다. 바로 책을 수선할 때 쓰는 도구들이다. 한 번쯤은 그들에게도 주인공의 자리를 내어주고 싶다.

책 수선에 필요한 도구들이 총 몇 개라고 딱 잘라서 말하기는 어렵다. '책 수선용'이라고 지정된 도구가 있냐고 물으면 그것도 사실 애매하다. 책 수선을 하려면 어떤 도구는 무조건 써야 한다고 말하는 것도 그다지 맞는 말은 아닌 것 같다.

물론 본폴더라든지, 스패출러라든지, 붓이나 망치, 가위와 칼 등 책 수선가들이 기본적으로 많이들 쓰고 필요로 하는 도구들이 있긴 있다. 그런데 이것들마저도 수선가마다 각자 선호하는 재질이나 크기와 모양이 다 달라서 어떤 것이 기본이라고 말하기는 어렵다.

종이를 접거나 접착제를 붙일 때 많이 사용하는 본폴더만 놓고 봐도 어떤 수선가는 작고 얇은 형태를 좋아하고, 또 어떤 사람은 뾰족하고 굽어 있는 형태를 좋아한다. 테플론으로 만들어진 본폴더를 선호하는 사람, 실제 뼈로 만들어진 걸 더 선호하는 사람 등등 수선가마다 취향이 천차만별이다. 또 수선을 해야 하는 부위에 맞춰 형태와 크기별로 다양하게 구비해두길 좋아하는 사람이 있고 한두 가지 종류의 본폴더만으로 모든 상황을 해결하는 걸 더 편하게 생각하는 사람도 있다.

이런 본폴더나 가위 같은 작은 도구들 이외에 비교적 큰 장비들도 본인의 체격이나 용도나 작업 습관에 맞게 맞춤형으로 제작하는 경우가 많다. 그래서 이 글은 책 수선을 할 때 필요한 도구들에 대한 기술적인 설명이나 안내라기보다는 오랜 시간 함께한 내 도구들에게 고마움을 전하는 우정 어린 소개라 생각해주면 좋겠다.

본폴더

나에겐 총 열 종류의 본폴더가 있다. 사슴 뒷다리뼈로 만든 것, 테플론으로 만든 것, 두꺼운 것, 얇은 것, 뾰족한 것, 둥근 것, 넓적한 것, 각진 것 등등. 그중에 내가 실제로 작업할 때 쓰는 건 사실상 두 개가 전부다. 손바닥보다 짧은 길이에 도톰한 두께로, 양쪽 끝날이 다르게 생긴 테플론 본폴더 한 개(다음 장의 사진에서 오른쪽 끝)와 그보다 훨씬 크고 넓적한 면을 지닌(역시나 테플론 소재의) 것 하나(사진 속 왼쪽에서 두 번째), 이렇게 두 가지인데 그마저도 주로 작은 크기 하나만 사용하는 편이다.

테플론 본폴더를 만들어 파는 회사는 몇 군데 없기 때문에 동일한 제품을 새것으로 쉽게 구할 수 있다. 하지만 내 것은 요즘 판매되는 것보다 조금 더 도톰하고 길이가 짧다. 이건 원래 나의 지도 교수님이 쓰던 것이었는데, 한국에 돌아오기 전에 기념 선물로 서로의 본폴더를 바꾸면서 내가 가지게 됐다.

원래 내 본폴더는 얇고 길쭉한 느낌에 탄성이 높아서 보다 잘 휘어지는 느낌이었는데 그게 나에게는 잘 맞지 않았다. 어느 날 한번은 깜빡하고 내 도구들을 챙겨가지 않아 교수님 본폴더를 잠시 빌려 썼는데 아니, 어쩜 이렇게 내 손에 딱 맞게 잡히는 두께와 크기인 건지. 교수님의 본폴더는 내 것보다 탄성이 낮아 나에게는 훨씬 더 안정적이었다. 교수님도 나와 같은 회사의 제품이었지만 아무래도 아주 오래 전에 구매하셨을 테고 내가 쓰던 제품은 같은 모델이라 하더라도 조금은 성질이 달랐던 것 같다.

그리고 무엇보다 오랜 시간 교수님이 계속 사용하면서 세월에 그 모양이 닳아 있었다. 테플론은 기본적으로 잘 닳는 재질이 아니기 때문에 새 제품이라면 내가 딱 원하는 그

립감으로 맞추기까지 아주 오랜 세월이 걸린다.

내가 자신의 본폴더를 유난히 마음에 들어하는 걸 알고 있었던 교수님은 마지막으로 인사하는 날 졸업 선물이자 한국으로 돌아가는 헤어짐의 선물로 내게 서로의 본폴더를 교환하자고 말했다. 자기 손에 익을 대로 익은 도구를 다른 사람에게 주는 게 얼마나 귀한 일인지 잘 알기 때문에 더욱 감사했다.

가위

나는 가위를 무척 좋아한다. 어렸을 때부터 그 아름다운 구조와 움직임 때문에 여러 도구들 중에서도 유난히 가위를 좋아했다. 본폴더는 여러 종류를 갖고 있음에도 주로 한두 가지만 사용하는 것에 반해 가위는 또 정반대다. 아마 일할 때 사용하는 도구들 중에서도 종류가 제일 많은 게 가위일 거다. 가위만큼은 용도별로 세세히 구분해서 쓰는 걸 좋아한다.

- 테이프를 자를 때만 쓰는 가위
- 실을 자를 때만 쓰는 가위
- 천을 자를 때만 쓰는 가위
- 얇은 종이를 자를 때만 쓰는 가위

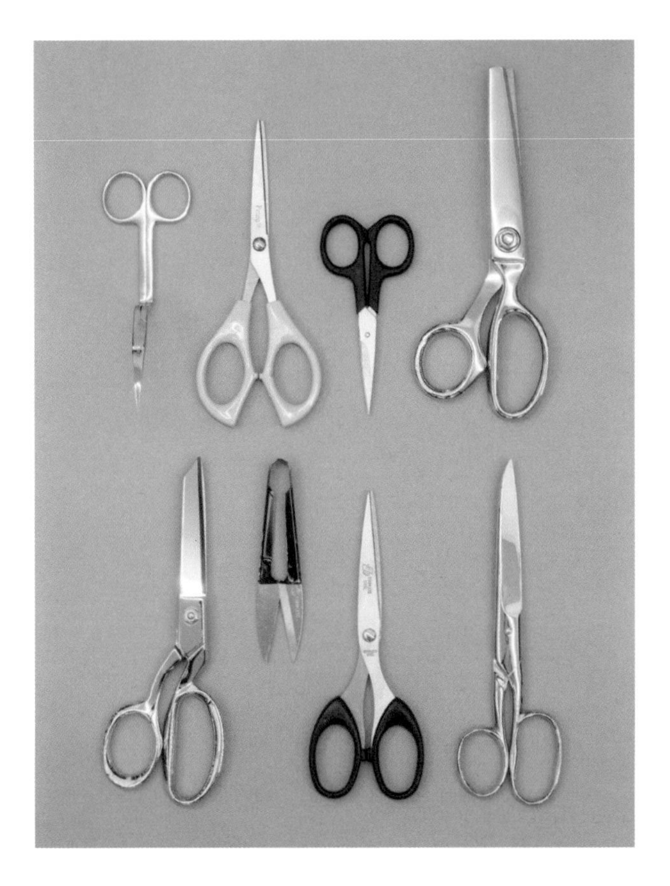

- 두꺼운 종이를 자를 때만 쓰는 가위
- 아주 섬세한 부분을 자를 때만 쓰는 가위
- 음식을 자르는 가위

- 내일이 없는 것처럼 아주 험하게 막 쓰는 가위 (주로 택배박스 정리용)

대략 이렇게 여덟 가지 용도로 구분해놓고 각각의 용도에 맞게 가위들을 하나씩 준비해서 쓴다. 가위는 커터칼처럼 칼심을 쉽게 교체해가며 쓸 수 있는 도구가 아니기 때문에 오랫동안 쓰려면 평소에 가윗날을 잘 관리해야 한다. 그러려면 애초에 이렇게 각각의 용도에 맞는 가위를 구분해놓는 게 편하다.

칼

가위와 다르게 칼은 딱 한 가지 종류만 사용한다. 사실 칼은 잃어버리거나 고장이 나지 않는 한 날만 교체해주면 되니 반영구적으로 쓸 수 있는 셈이라 딱히 여러 개를 살 필요가 없기 때문이다. NT Cutter의 똑같은 종류 두 개만 구비해두는데, 그중 하나는 17년 전에 선물로 받은 것이고, 다른 하나는 선물 받은 당시에 똑같은 모델로 하나 더 샀던 걸 잃어버려 6~7년 전 쯤 새로 구입한 것이다.

특히 선물로 받은 칼은 내가 가진 도구들 중에서도 함께 한 시간이 제일 오래되어 그만큼 정도 제일 깊다. 17년 전에 학교 선배가 '상처엔 후시딘' 같은 느낌으로 '칼은 NT Cutter지!'라며 대학 입학 선물로 준 거였다. 중 · 고등학교 때 종이를 자르려고 그으면 칼심이 뒤로 쑥쑥 밀려들어가는 저렴한 칼만 쓰다가 NT Cutter를 접한 이후로 나도 '칼은 NT Cutter지!'를 외치고 다니게 될 만큼 놀라운 신세계였다.

예전에도 그렇고 지금도 이 칼은 나만 쓸 수 있다. 17년 동안 그 누구에게도 단 한 번도, 잠깐이라도 빌려준 적이 없을 만큼 아낀다. 다들 한 번씩 경험해봤겠지만 세상엔 남의 칼이나 가위를 빌려가서 양면테이프를 자르고 날에 묻은 끈적임을 닦지 않고 그대로 돌려주거나, 가위로 철사 같은 단단한 걸 잘라 이를 다 나가게 만들어놓고도 그냥 돌려주는 무신경한 사람이 생각보다 많다. 그래서 가위와 칼만큼은 언제나 똑같은 제품을 두 개씩 준비해 하나는 오직 나만 쓰는 용, 다른 하나는 남에게 빌려줄 수 있는 용으로 구분해둔다.

프레스

프레스는 보통 종이나 책을 눌러 고정시켜놓는 도구이자 장비다. 크기가 작은 것부터 큰 것까지 종류와 형태도 다양하다. 오래된 빈티지부터 시작해서 기성품으로 파는 제품들도 있긴 한데, 프레스는 아마도 책 수선가의 도구들 중에서 가장 맞춤제작이 많은 도구일 거다.

나도 작은 프레스들은 평소 선호하는 무게와 두께, 그리고 필요한 크기들에 맞춰서 따로 맞춤제작을 했다. 큰 프레스 하나는 빈티지 가구 매장에 의자를 사러 갔다가 앤티크 침대와 책상 사이에 뜬금없이 놓여 있는 걸 우연히 발견하고선 가져온 것이고, 다른 하나는 학교를 다닐 당시 내가 자주 작업하는 책의 크기에 맞춰 친구가 직접 만들어준 것인데 아직까지도 제일 유용하게 잘 쓰고 있다.

꿩 대신 닭, 하지만 그것만으로도 완벽한

먼저 말한 본폴더, 칼과 가위, 프레스 외에 책 수선을 할 때 쓰는 도구들 중엔 의외의 것들도 있다. 예를 들어 베이킹용 주걱이라든지, 메이크업용 붓이나 스펀지라든지, 구두닦이 솔, 칫솔, 의료용 붕대까지……. '책 수선용'이라고 딱 맞춤으로 나오는 전용 도구들이 없다면 원래 용도가 무엇이든 필요하다면 적극적으로 가져다 활용한다.

많이 쓰는 도구들 중에 다양한 무게의 누름돌이 있는데, 이것도 딱히 책 수선용으로 나오는 제품이 있는 건 아니라서 내 작업실에 있는 누름돌들은 전부 직접 만든 것들이다.

남는 벽돌을 주워다 만든 것도 있고, 버려지는 레터프레스용 납활자들을 모아 안전하게 포장한 것도 있다. 납은 소량이더라도 상당히 무겁기 때문에 크기는 손바닥만 하게 작아도 무게는 9킬로그램이 넘어서 누름돌로 활용하기에 아주 좋다. 가벼운 누름돌로는 삐뚤빼뚤한 손바느질로 집에 남는 콩이랑 쌀을 넣어 만든 주머니도 있다.

흔히 장인은 도구 탓을 하지 않는다고 한다. 나는 이 말이 반은 맞고 반은 틀린 것 같다. 값비싼 새 도구만이 최고라 생각하는 사람에겐 맞는 말이겠지만 적게는 수년, 많게는 수십 년을 함께한 도구를 잃어버린 사람에겐 틀린 말일 수도 있다.

실력 있는 사람이라면 도구가 달라진다고 해서 갑자기 대단히 큰 실수를 하지는 않겠지만, 그래도 오랫동안 하나의 팀처럼 움직였던 도구들이 주는 완벽한 감각을 마냥 무시할 수는 없다.

만약 어느 날 내 가위나 칼을 잃어버린다면, 본폴더를 잃어버려 영영 찾지 못하게 된다면 나는 어쩌면 몇 날 며칠을 앓아누울지도 모른다. 잃어버린 빈자리를 새 도구가 대신 하기야 하겠지만 속상한 마음에 한동안은 작업하면서 하는 실수를 모두 낯선 새 도구 탓으로 돌리고 싶을 것 같다. 적어도 마음만큼은 그럴 것 같다. 그 정도로 이 오랜 도구들과의 팀워크와 우정이 내게는 소중하다.

할머니, 여기는 산수유 꽃이 피어날 계절이 곧 돌아와요

"이제 아흔이 가까워 오니 육신의 연약함도 느끼지만 그 아픔의 과정을 삶을 아름답게 마무리하는 여정이라고 믿고 긍정적으로 받아들이며 지내는 중이야. 네가 보기엔 어떠니, 할머니 잘 살고 있는 것 같니? 허허."

책 《그때, 우리 할머니》(정숙진 · 윤여준 지음, 북노마드)에 적혀 있는 글귀다. 이 책에는 당시 25세의 손녀, 윤여준 작가가 본인의 할머니인 정숙진 선생님의 시간을 그리고 기록한 여정이 담겨 있다.

그중 〈할머니의 대학 시절 일기〉에는 조금 특별한 이야기가 소개되는데, 바로 정숙진 선생님이 해방을 맞고 한국전쟁이 터지기 전까지 대학교 생활을 하는 동안 쓰신 일기장의 내용이다. 그리고 그 일기장은 여준 님의 품에 안겨 2018년 어느 봄날에 재영 책수선을 찾아오게 되었다.

오늘의 책

할머니의 일기장

개인 일기장

대략 49장 정도 되는 일기장은 70년이 훌쩍 넘는 세월을 고스란히 간직하고 있었다. 실제본은 거의 다 끊기고 풀어져서 한 권의 일기장이라기보다는 종이 뭉치에 가까웠고, 망가진 제본에 떨어져가는 낱장을 붙들고자 거의 모든 페이지가 테이프로 겨우 연결되어 있었다. 표지 역시 사라지고 없는 상태였다. 한국전쟁이 터지면서 전쟁과 피난으로 험난했을 시간들을 생각하면 지금까지 보관되어온 것만으로도 일기장은 최선을 다한 것 같다. 그 운명이 놀라울 뿐이다.

의뢰인은 일기장을 맡길 때 다시 한 권의 튼튼한 책으로 만들어 할머님께 선물로 드릴 예정이라고 하셨다. 이렇게나 오래되고 귀한 일기장을 튼튼하고 아름다운 책으로 만들 수 있는 기회라니! 나로서는 무척 설레면서도 또 한편으로는 긴장되는 일이었다.

작업에 들어가기 전에 우선 일기장 원본과 《그때, 우리 할머니》, 그리고 의뢰인과의 많은 대화를 통해 정숙진 선생님의 성격과 취향을 꼼꼼히 살펴보았다. 해방과 한국전쟁이 이어져 애환과 슬픔이 불가피한 시절이었음에도 언제나 단정하고 따뜻하게 삶을 기록하신 선생님의 문장들은 이 일기장의 새로운 모습을 상상하는 데 많은 영감을 주었다.

우선 종이에 붙어 있는 테이프들을 모두 안전하게 제거하고 (다시 한 번 말하지만 테이프는 종이의 적이다!) 헝클어진 종이들을 가다듬고 새로운 면지들을 추가해 제본이 다시 튼튼해지도록 실로 엮어주었다. 워낙 많은 부위에 비닐테이프가 붙어 있던 상황이라 산화되어 부서지기 시작한 종이에서 손상 없이 테이프와 끈끈하게 남은 자국들을 깨끗하게 제거하는 과정에만 거의 한 달이 가깝게 소요되었다.

그 외에도 찢어진 부분이라든가 유실된 페이지 등을 보완해 한 장을 들어 올려 넘기기가 조심스러웠던 일기장은 다시 180도 시원시원하게 펼쳐볼 수 있도록 수선을 모두 마쳤다.

옹골진 표현들로 쓰인 큰 울림의 문장들

일기장 원본의 표지는 이미 사라진 상태였기 때문에 어떤 분위기로든 새롭게 작업이 가능했다. 표지는 책의 첫인상을 결정 짓는 역할을 한다. 그래서 나는 이 일기장의 새 표지만큼은 무엇보다도 정숙진 선생님을 닮은 모습으로 만들고 싶었다.

여든이 훌쩍 넘은 연세에도 언제나 정갈하고 따뜻한 자세로 주변 사람들에게 온기를 전하신 분, 어릴 적 단정한 한복을 입은 사진 속 모습, 옹골진 표현들로 쓰인 큰 울림의 문장들, 책과 사진에서 그런 선생님의 모습들을 확인하면 할수록 내 머릿속에는 계속해서 노란 산수유 꽃이 떠올랐다. 여러 송이의 작은 꽃들이 모여 하나의 아름다운 형태를 만들어내는, 봄날이면 우리에게 늘 따뜻한 향기를 전하는 꽃.

그렇게 새 표지는 일기장을 포근히 감싸는 구조의 하드커버 위에 산수유 꽃의 모습을 닮은 박(형압)이 새겨진 옷을 입게 되었다. 이번 박 작업은 하나의 금속틀을 기계에 넣어 똑같은 모양의 패턴으로 반복하는 방식이 아닌, 기본 점, 선, 면을 이용해 하나하나 꽃잎과 꽃대를 만들어 그림을 그리듯 한 송이씩 완성해나가는 방식의 핸드툴링으로 진행했다.

완성된 일기장을 다시 의뢰인인 여준 님에게 전해드릴 때는 많이 긴장이 됐다. 당시 선생님은 건강이 좋지 않으셔서 입원과 퇴원을 반복하시던 터라 하루라도 빨리 일기장이 전해졌으면 하는 생각에 조바심이 나기도 했다.

그러다 며칠 뒤 여준 님이 건강한 모습으로 일기장을 품에 안고 계신 선생님의 사진을 보내주셨을 때, 나 역시 우리 할머니를 보는 것처럼 얼마나 기뻤는지 모른다. 그때의 감정은 당시 여준 님이 SNS에서 올린, 할머니를 향한 손녀의 사랑이 가득 담긴 다정한 글로 대신한다.

2018. 7. 26. 윤여준

1. 한동안 설레며 살았다

재영 책수선에 70살이 된 할머니 일기장을 맡겼고, 이 아름다운 결과물이 완성되는 과정을 지켜보며 지냈다. 봄부터 여름까지, 재영 님과 함께 낡아 부스러지고 있는 일기장을 새롭게 만들어갔다. 커버의 색을 고르고 그 안에 들어갈 문구와 문양을 고르는 것은 물론, 앞으로 어떻게 보관하게 될지, 열어보는 사람의 느낌은 어떠할지 함께 고민했다. 재영 님을 통해 모르고 있던 일기장의 정보들을 알 수 있었고 이번 기회에 일

그분이 가지는 13 食口의 생활의 사슬이 圈內라는 것이다

하는 짓 마냥 威嚴을 보이며 掃除當番을 coach하는

過去의 家庭管理者 type 이 近似하다.

나는 오늘은 누워서 떡 먹기라는 會計當番이다.

정확히 7時半時間에 맞추어 지켜진 따뜻한 朝飯

主人의 지휘下에 音楽을 들으며 食事하니 量은 적은 밥상 같지마는

맛나 놓은 몇 가지 간 되는 반찬도 맛있게 들 수가 있었다.

果然 栄養중심으로 지나낸 부엌當番의 솜씨이기에 ---

믿음없는 家庭環境에서 자라난 후 나로서는 食事때의

禮拜는 마음에 큰 衝動을 주지 않을 수 없었다. 하루 하루

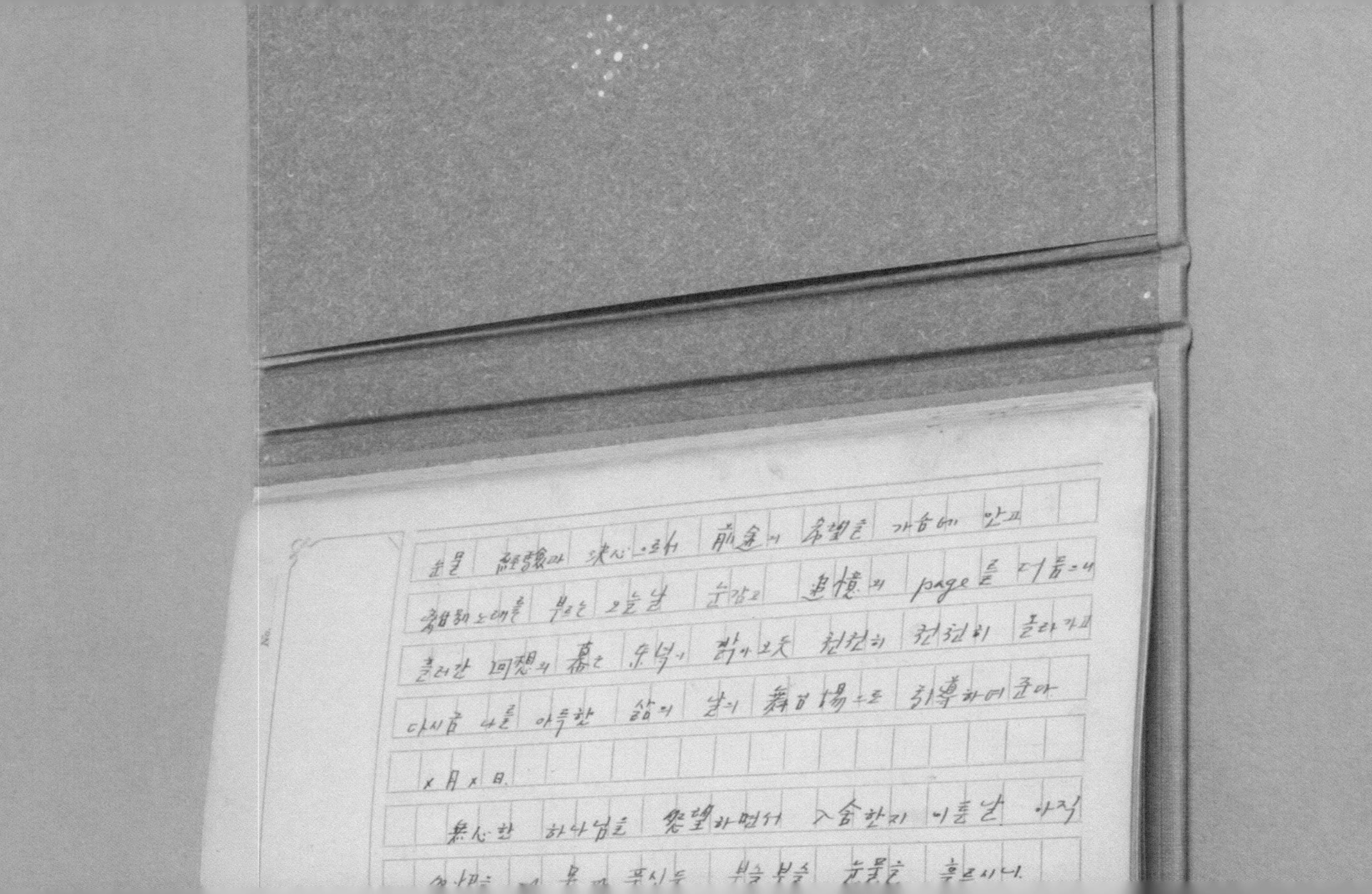

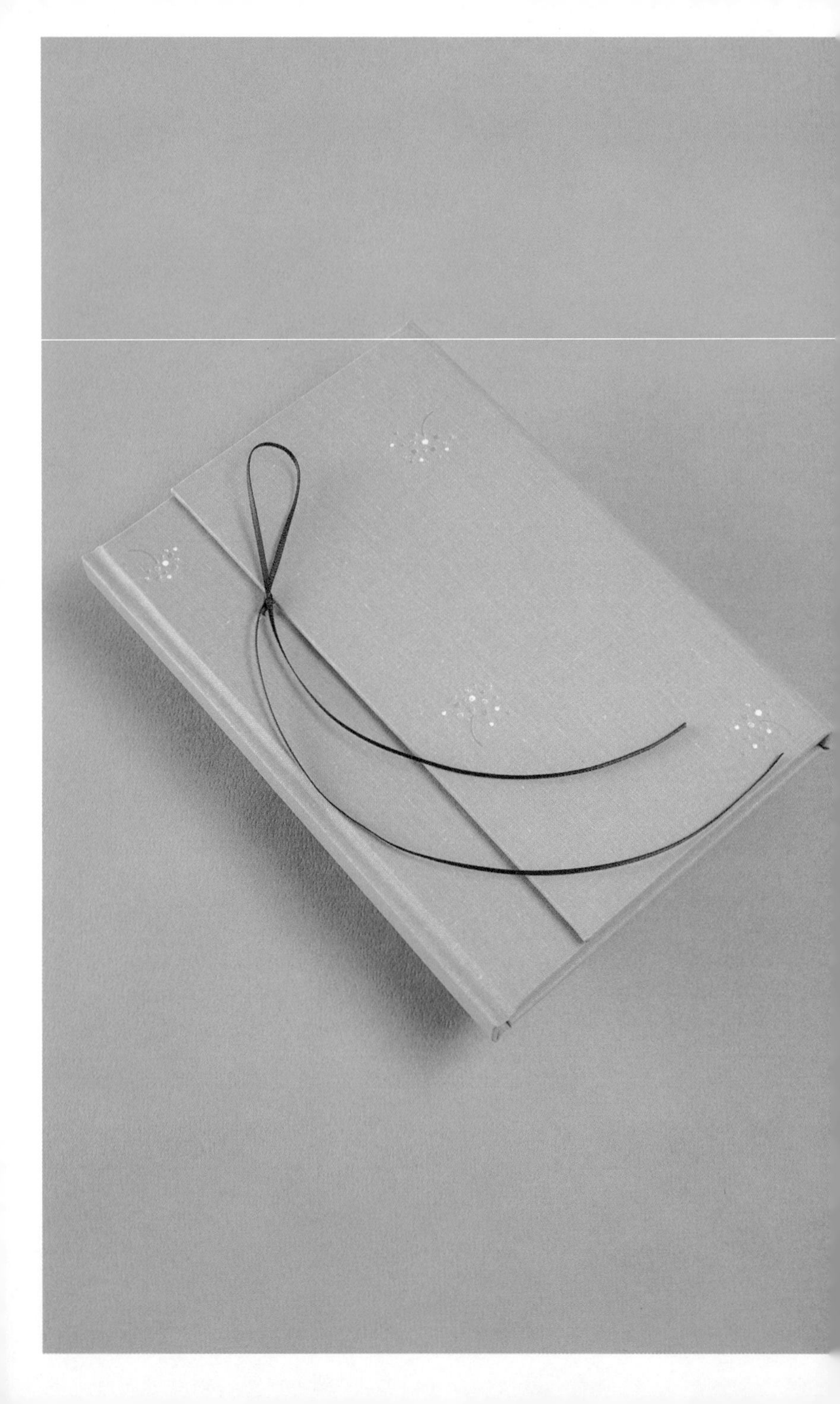

기장 속 내용을 한 번 더 읽어보기도 했다. 일기장이 조금씩 수선되어가는 과정을 지켜보며 재영 님께 수선을 맡긴 것은 정말 잘한 일이라고 몇 번을 생각했다.

2. 설렘은 불안을 동반한다

이번 연도부터 할머니는 몸이 많이 약해지셨고, 자주 병원에서 지내셨다. 다행히도 매번 잘 이겨내셔서 가족들이 할머니는 오뚜기라고 웃으며 말했지만, 입원하셨다는 말을 서로 전할 때마다 불안의 파도는 불어만 갔다. 제주에서 할머니 일기장 수선이 완성되었다는 소식을 들었고, 할머니께서 또다시 입원하셨다는 전화도 받았다. 제주에 가기 전, 나 역시도 '할머니 정말 오뚜기네요!'라고 말했는데 이상하게 그 말을 뱉자마자 괜스레 불안했었더라. 전화를 끊고도 계속 그 대화가 떠올랐다. 창밖에선 계속 거센 바람이 불었고, 불안의 파도는 멈출 줄을 몰랐다. 꼭 전해주고 싶은 것이 있고, 그것을 이제 드릴 수 있는데, 할머니가 더 이상 오뚜기가 아닐까 두려웠다. 일기장을 전하지 못했기에 더욱더.

3. 아름답고 단단하게

다행히 할머니는 오뚜기였고, 다시 일상으로 돌아왔다. 나 역시도 제주에서 일상으로 돌아왔고, 도착하자마자 일기장을 만나러 갔다. 재영 님이 만든 일기장은 역시 기대했던 것 이상으로 아름다웠고, 무척 단단했다. 연약하여 쉽게 만지지도 못했던 일기장이 이제 편하게 펼쳐볼 수 있을 만큼 튼튼해졌다. 그 단단함이 정말로 좋았다.

일기장과 함께 할머니를 만나러 갔다. 할머니는 여전히 아름다웠다. 일기장을 보여드렸고, 할머니는 꼼꼼히 넘겨보셨다. 조심조심 보시길래 이제 튼튼하니 편하게 보시라 말했다. 할머니는 참 신기하고 아름다운 일이라고 하였다. 집에서 나와 할머니와 손을 잡고 걷다가 할머니의 손아귀 힘이 꽤나 강하다는 것을 알았다. 할머니의 손은 단단했고, 내 마음속 불안의 파도는 잔잔해졌다.

이번 글을 적으면서 오랜만에 다시 연락을 주고받은 여준 님으로부터 선생님이 2019년 겨울에 평온히 작고하셨다는 소식을 전해 들었다. 일기장은 집 한편에 마련한 선생님을 위한 공간에 생전 아끼셨던 성경책과 돋보기안경, 《그때, 우리 할머니》 책과 함께 놓여 있다는 따뜻한 소식도 함께. 실제로 뵌 적은 없지만 여준 님 덕분에, 또 일기장 덕분에 내 마음 한편에도 항상 밝고 다정하게 남으신 정숙진 선생님.

"선생님, 여기는 아름다운 산수유 꽃이 피어날 계절이 이제 곧 돌아올 것 같아요. 이곳의 향기가 선생님이 계신 곳까지 가닿길, 평온히 쉬시길 기도하겠습니다."

무너져가는 책의 시간을 멈추다

사람은 나이가 들어가면서 필요한 환경이 달라진다. 가파른 계단보다는 평평한 경사로를 찾게 되고 허리나 무릎이 아프면 지팡이나 휠체어에 의지를 한다. 필요하다면 병원이나 전문 요양기관의 보호를 받기도 하고 더위와 추위에는 더욱 조심하게 된다. 대체로 다른 사람이나 장비의 도움이 많이 필요해진다는 말이다.

그런데 이건 살아 있지 않은 책도 마찬가지다. 오래된 책일수록 책장에서 여러 권의 책들 사이에 끼워 세워놓기보다는 여유 있게 바닥에 눕혀놓는 것이 낫고, 상태가 많이 좋지 않을 땐 외부의 충격으로부터 보호할 수 있는, 케이스 같은 안전장치가 필요할 때도 있다. 해가 지날수록 습기와 햇빛에 더욱 취

약해지기 때문에 매 계절 더 세심한 주의가 필요하다.

이런 관리만 제대로 되어준다면 책은 강하다. 상태에 맞게 적절한 관리만 계속 잘해준다면 이집트의 피라미드만큼이나 오래 남을 정도로 강해질 수 있다. 그래서 책을 수선하는 일은 망가진 부분을 회복시키는 일이기도 하지만 동시에 책이 평온한 시간을 보낼 수 있도록 앞으로의 방향을 안내해주는 일이기도 하다.

찢어진 종이를 붙이고, 무너진 책등을 바르게 세우고, 사라진 조각을 채우면서 책이 잃어버렸던 기억을 회복시켜주고, 새로운 커버나 지지대, 혹은 케이스를 만들어주며 책에게 새로운 시간을 약속하다 보면 사람의 인생처럼 책에도 한 권 한 권 각자만의 책생이 있다는 생각이 든다. 다양한 사연들과 파손된 책과 주인의 추억, 그 책이 지나온 시간을 존중하는 마음으로.

지금까지 소개한 적 없는, 조금은 다른 방향의 책 수선 · 보존 작업을 이야기해볼까 한다. 책을 수선한다고 하면 가장 먼저 어떤 모습이 떠오를까? 찢어진 종이를 다시 붙이기? 낡은 커버를 보수하거나 교체하기? 풀어진 제본을 보완하기?

책을 수선하는 방법에는 여러 가지가 있다. 그리고 그보다 한 단계 더 넓은 의미에서 책을 보존하는 방법에는 더욱 더 다양한 길이 있다.

의뢰인은 이 책을 여행 중 아르마젬(Armazém)이라는 포르투의 벼룩시장에서 구매하셨다고 한다. 전문 헌책방도 아닌 벼룩시장의 먼지 가득하고 어두운 구석에서 여러 물건들에 둘러싸여 대수롭지 않게 놓여 있었다던 이 책을 발견할 수 있었던 건 의뢰인이 코난 도일의 팬이라 가능했던 일이 아닐까 생각한다. 책의 상태를 봐서는 그때라도 벼룩시장에서 구출된 게 이 책으로서는 행운이었다. 왜냐하면 계속 그 자리에 있었다가는 내내 거미의 화장실이 될 신세였기 때문에!

오늘의 책

The Sign of Four - In One Volume

아서 코난 도일 지음, 베른하르트 타우흐니츠, 1925

책을 처음 받았을 때 가장 먼저 눈에 들어온 건 바로 표지 위의 하얗고 검은 작은 점들이었다. 색깔이나 모양만으로는 잉크나 물감이 흩뿌려진 것처럼 보일 수도 있지만, 굳기나 쌓인 정도로 봐서는 이건 분명 작고 다리가 많은 어느 생명체의 배설물이 분명했다. 예전에 도서관에서 일할 때 책에 묻은 다양한 형태의 벌레 배설물과 사체들을 보아온 덕에, 책에 똥을 눈 용의자가 거미일 거라는 확신이 들었다.

우선 가장 큰 단서는 불규칙한 패턴으로 이루어진 하얀색과 검은색의 작은 점들이다. 그리고 책에다 똥을 쌀 수 있는 많고 많은 생명체들 중에서도 거미는 언제나 가장 높은 순위를 두고 다투는 존재라 유력한 용의자가 될 수밖에 없었다. (그 외에 매우 유력한 용의자로는 바퀴벌레가 있다.)

의뢰인에게 이 하얗고 검은 점들은 누군가의 배설물이고, 그 범인은 거미인 것 같다고 알려드렸더니, 며칠 뒤 여행 당시 찍은 벼룩시장의 풍경 사진을 보내주시면서 "이 책을 발견했을 때 주변에 거미가 있었다"는 말씀을 해주셨다. (역시!)

표지 전면에 뿌려진 똥의 양으로 봐서는 우리의 이 작고 검은 용의자는 이 책을 꽤 오랫동안 화장실로 사용했던 것 같다. 시간이 상당히 지나 거미의 똥이 이미 종이를 꽤 훼손시킨 상태이긴 했지만, 그렇다고 그대로 계속 두었다가는 책을 더욱 상하게 할 여지가 있었기 때문에 배설물 처리 작업을 가장 먼저 시작했고, 몇 번의 약품 처리를 거쳐 종이를 보다 안정된 상태로 만들었다.

UCHNITZ

ION OF BRITISH AND A

VOL. 2698

THE SIGN OF FOU

BY

A. CONAN

IN

OL. 2698

CONAN
OYLE
1

HE SIGN
F FOUR

RICE
1.60

LUME
LIG: BERNHARD TAUCHNITZ
: LIBRAIRIE HENRI GAULON, 39, RUE MADAME
he Copyright of this Collection is purchased for Continental Circulation
only, and the volumes may therefore not be introduced into Great Britain
or her Colonies. (See also pp. 3–6 of Large Catalogue.)
EACH VOLUME SOLD SEPARATELY

또 하나 크게 눈에 띄는 파손은 책등이었다. 책등이 파손되었다고 하면 보통 제본실이 풀어지거나 끊겨 망가진 경우를 떠올리는데, 그와 달리 이 책은 전체적으로 책등이 기울어진 상태였다. 말 그대로 피사의 사탑처럼 옆으로 삐딱하게 기울어진 모습이었다. 책이 이런 식으로 기울어졌다고 해서 당장에 더 큰 파손으로 이어진다거나 독서에 큰 불편함을 주는 건 아니다. 책장에 꽂았을 때 시각적으로 조금 덜 아름다울 수 있고, 경우에 따라 책을 보관할 때 튀어나온 배면이 약간 불편하게 느껴지는 정도일 것이다. 하지만 만약 수선이 가능하다면, 똑바른 형태로 교정을 시도해보는 것도 바람직한 선택이다.

표지와 본문을 분리해낼 수 없는 이런 페이퍼백의 교정 작업은 양장본에 비해 방법은 간단하지만, 시간은 수십 배로 더 오래 걸린다. 우선 강제로 똑바른 형태로 맞춰준 후에 종이를 유연하게 만드는 습도와 온도 안에서 곰팡이는 슬지 않도록 꾸준히 관리를 해가며 흐트러지지 않게 오랫동안 압력을 가한다. 사람도 척추를 다치면 완전히 회복하기까지 아주 오랫동안 조금씩 서서히 재활을 하는 것과 마찬가지다. 책에서 책등은 사람으로 치면 척추와 같은 부분이기 때문이다.

기울기 수선 전

거미의 똥과 기울어진 책등을 제외하면 크게 파손된 부분은 없었다. (굳이 영역을 나누자면) 이 두 가지 파손을 다루는 과정까지는 책 수선의 범위 안에 있다. 그리고 지금부터 이야기할 부분은 좀 더 넓은 보존의 영역 안에 있는 일이다. 쉽게 얘기하면 책을 올바르게 보관하는 방법에 대한 이야기다.

책의 시간을 연장시키는 일

책을 안전하게 보관하는 방법에는 여러 가지가 있다. 쉽게는 하드커버로 바꾸기, (우리가 교과서에 많이 했던) 비닐커버를

책을 안전하게 보관해줄 속케이스와 외관의 슬립케이스

씌우기 등이 있다. 《The Sign of Four》는 96년이라는 시간 동안 이미 종이가 많이 산화되어버린 낡은 책이긴 했지만, 의뢰인은 코난 도일의 팬이었기 때문에 새로운 하드커버와 같이 원본의 모습을 바꾸는 방법은 원치 않았다. 하지만 그렇다고 비닐커버만 씌우는 것도 어딘가 모자란 듯, 아쉽게 느껴졌다. 그래서 앞으로 안전하게 보관할 수 있으면서도 이 책에 어울리는 방법은 무엇일까 고민을 하다가 슬립케이스를 제작하기로 결정했다.

보통 책에 커다란 파손이 없다고 하더라도 이미 종이가 너무 나이를 많이 먹었다든가, 아니면 희귀서적이라 원본에 큰 변화를 줄 수 없을 때는 책 자체에 적극적인 수선을 하기보다는 원형을 최대한 유지하며(설령 그게 망가진 모습일지라도), 앞으로의 안전한 보관에 더 중점을 두게 되는데, 그럴 때 봉투나 케이스, 혹은 박스 등이 그 대안이 된다. 이런 과정은 기술적으로는 '수선'이라고 보기 어렵다. 하지만 '보존'의 영역에서 본다면 여전히 책의 시간을 안전하게 연장시키는 일로써, 책 수선가의 역할 중 하나다.

원본이 이미 많이 낡은 상태라 슬립케이스를 제작한다고 해도 책을 바로 케이스에 넣었다 뺐다 하기에는 위험했다. 하드커버가 아닌 이상은 마찰에 의해 책 표지나 배면이 쉽게 상할 수 있기 때문이다. 그래서 그 위험을 줄여줄 속케이스가 필요한데, 이 책은 동서남북으로 한 꺼풀씩 펼쳐 열리는 구조의 속케이스를 만들고 각 면들은 제목과 저자, 출판사 정보들을 이용하여 굵고 큰 패턴으로 꾸며주었다.

외관의 슬립케이스는 의뢰인의 취향에 맞춰 일부분을 사선으로 잘라 속케이스가 비밀스럽게 드러나 보이도록 제

작했다. 탐정소설 중에서도 코난 도일의 작품을 떠올렸을 때 느껴지는 모던하면서도 강렬한 인상을 담고자 했다.

망가진 책의 시간 속으로 들어가 지난 파손의 형태들을 관찰하여 어떤 수선이 필요한지 알아내고, 그렇게 무너져가는 책의 시간을 멈추게 하는 일. 새삼스럽지만 책 수선가의 역할이 무엇인지 다시 한 번 마음에 새긴다.

우리 일상에 스미는 책 수선

얼마 전 책장 정리를 하다가 오래전에 친구에게 선물하려고 사놓고 미처 전해주지 못한 책을 우연히 발견했다. 코끼리에 관한 책이었는데, 가지고 다니기 편하도록 상당히 작고 얇게 나온 문고판 시리즈 중 한 권이었다.

만약 친구에게 제때 선물했다면 가벼운 무게 덕분에 이리저리 가지고 다니며 읽다가 망가졌거나, 작은 크기 때문에 대충 훑어보고 잠깐 둔다는 게 한참을 책상 위에서 게으르게 나뒹굴다가 망가졌거나, 얇은 두께 때문에 책장에 잘 꽂아둔다고 두었지만 다른 책들에 파묻혀 있는지도 모르게 기억 속에서 사라졌을지도 모르겠다.

이 책은 결국 친구에게 전해지지 못했다. 그렇게 까맣게

잊힌 채 다섯 번의 이사를 하는 동안 다른 덩치 큰 책들 사이에 끼여 조금씩 망가져가고 있는 중이었다. 책을 꺼내 펼치는 순간 세월에 경화된 제본용 접착제가 뚝뚝 부러지는 소리가 나면서 몇 장은 바로 후두둑 떨어져버렸다.

사실 애초부터 비교적 두꺼운 종이, 얇은 두께의 책등, 접착제가 고르게 발리지 않은 제본 등 그리 이상적인 구성이 아니기는 했다. 게다가 훨씬 더 크고 두꺼운 책들 사이에 꽉 끼여 있었던 터라 망가지기 더 쉬운 조건이었다.

순간 그런 생각이 들었다. '지금이라도 내가 이 책을 수선해서 친구에게 선물로 줄 수 있으면 좋겠다.' 세상을 일찍 떠난 친구라 지금 책을 수선한다고 해도 이미 늦은 선물이 되어 소용은 없겠지만, 그래도 받으면 좋아했을 친구의 얼굴을 상상하며 잠시 반가웠다.

책은 선물용으로 아주 흔한 물품들 중 하나다. 책을 좋아한다면 가능한 한 깨끗하고 멀쩡한 책을 고르고 골라 선물해본 경험이 한 번쯤은 있을 것이다. 대부분 다른 사람에게 선물할 땐 새 책을 고른다. 책에 좀 더 민감한 사람들은 어쩌면 새 책들 중에서도 흠집 하나 없이 가장 깨끗하고 짱짱한 책으로 직접 고르고 골라 선물을 할 테고. 간혹 본인이 소중하게 깨끗이 소장해오던 책을 주는 경우도 있을 테다. 설령 절판된 책이라 헌책방에서 구한 책일 경우에도 되도록 깨끗한 판본을 선물로 주고 싶은 게 대부분 사람들의 마음이라 생각한다. 그래서 조금은 다른 방식으로 책을 선물하는 방법, 선물로써의 책 수선에 대해 이야기를 해볼까 한다.

책 수선을 맡기는 책이라고 하면 대부분 의뢰인이 그 책을 많이 아껴서, 의뢰인과 그 책의 관계가 특별하기 때문일 거라 생각할지도 모르겠다. 하지만 의외로 지금까지 맡았던 의뢰들을 쭉 살펴보면 다른 사람에게 선물하기 위한 책 수선도 꽤 많은 비중을 차지하고 있다. 대충 비율로 따져보자면 전체 의뢰의 1/3은 충분히 넘는 것 같다. 앞서 소개했던 '할머니의 일기장'처럼 말이다.

오늘의 책 1

비챠의 학교생활

니콜라이 노조프 지음, 학원출판공사, 1985

첫 번째 책은 학원출판공사에서 출간되었던 〈ABE 시리즈〉

중 한 권이다. 1980~1990년대에 상당히 유명했던 시리즈라 아마도 많은 분들의 추억 속에 남아 있을 것이다. 나 역시 어렸을 때 자주 놀러가던 사촌 언니의 집에서 자주 봤던 덕에 의뢰인이 제목을 말하자마자 바로 기억할 수 있었다.

책의 내용도 내용이지만, 나에게는 아주 크고 굵은 서체로 디자인되어 있던 뒤표지의 세련된 모습이 더욱 강렬한 인상으로 남아 있다. 각 권마다 두께도 상당하고, 모두 하드커버 양장본으로 출간된 이 시리즈는 총 권수가 자그마치 88권이나 된다. 지금으로서는 상상하기 힘든 어마어마한 시리즈 출간이다.

출간 연도를 모르더라도 당시 〈ABE 시리즈〉 한 권당 가격이 3,990원이었던 것을 보면 그간 얼마나 오랜 세월이 지났는지 대충 가늠할 수 있다. 나에게 온 책은 그 88권 중에서도 69번째 책, 《비쟈의 학교생활》이다.

이 책은 의뢰인보다는 의뢰인의 오빠가 보던 책이었다. 물론 형제끼리 같이 보기도 했겠지만, 의뢰인이 자주 즐겨본 책은 아니었다고 한다. 게다가 35년이 넘는 세월에도 책 상태는 상당히 좋은 편이었던 터라 처음에는 '왜 수선을 맡기시는 걸까?'라는 의문도 순간 들었는데, 알고 보니 오빠의 아이, 바로

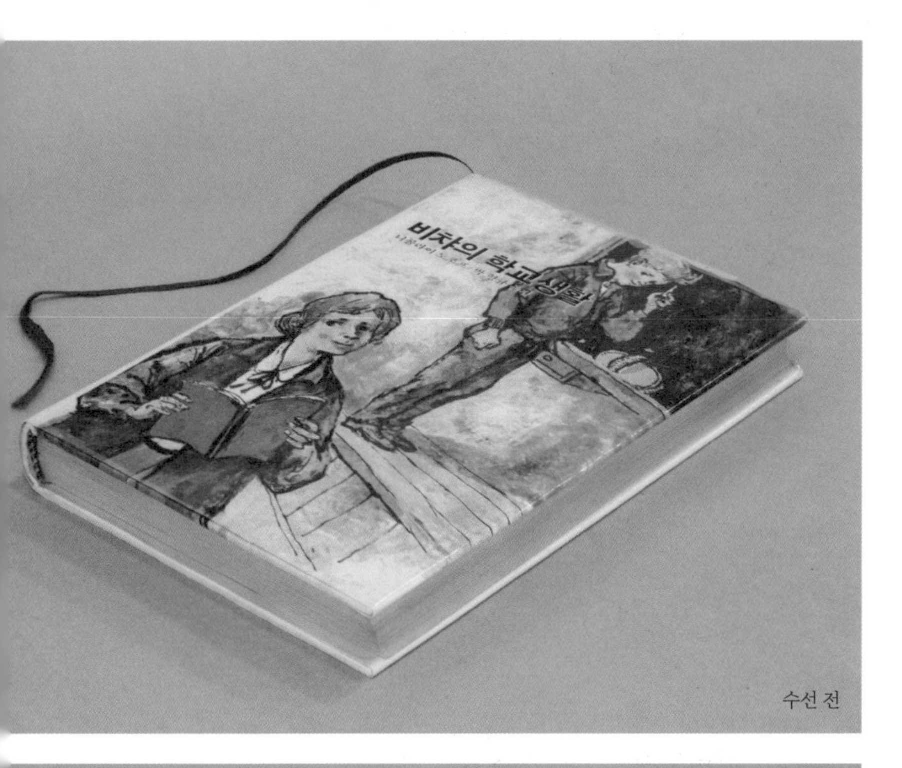

수선 전

수선 후

수선 전

수선 후

의뢰인의 조카에게 선물로 주려고 한다는 사연을 듣고 빙그레 웃음이 나왔다.

책 자체는 워낙 보관이 잘 되어서 특별히 크게 망가진 곳은 없었다. 의뢰인이 원하는 바도 책의 모습을 바꾸기보다는 선물하기 전에 가능한 한 깨끗하고 말끔하게 정돈을 하는 것이었기 때문에, 표지 앞뒤에 묻은 오염물질을 제거 및 소독하고, 산화되어 짙게 변해버린 배면의 색과 고르지 못하게 어긋난 결을 정리하는 정도로 작업했다. (본문 중간중간에 연필로 낙서가 되어 있었는데, 이 부분은 나중에 조카가 아빠의 어린 시절 흔적을 찾을 수 있도록 일부러 지우지 않고 남겨두기로 했다.) 책 외부만 정리정돈해주었을 뿐인데도 훨씬 더 말쑥해졌다.

나중에 의뢰인에게 전해들은 이야기로는 정작 선물의 주인공인 조카보다도 처음에는 책 수선에 별 관심이 없었던 오빠가 더 좋아했다고 한다. 본인이 어릴 때 즐겨 읽었지만 잊고 살던 책이 어느 날 말쑥한 모습으로 돌아왔을 때 드는 반갑고 뭉클한 마음이 뭔지 조금은 알 것 같아서 괜히 함께 흐뭇했다.

수선 전

오늘의 책 2

관계자 외 출입금지

엄지 지음, 포널스, 2018

두 번째 책은 간호사의 치열한 일상을 다룬 책, 《관계자 외 출입금지》다. 의뢰인은 이 책을 중고서점에서 구매했는데, 안타깝게도 제본 한가운데가 아주 쩍 하니 갈라져 애꿎은 페이

수선 후

지 한 장이 줄다리기라도 하는 마냥 이쪽으로도, 저쪽으로도 넘어가지 못하고 찢어지기 직전의 상태였다.

사실 처음에는 이 책이 선물용이라는 걸 몰랐다. 작업을 다 마치고 돌려드린 이후에서야 우연찮게 SNS의 한 게시물을 통해 알게 되었다. 책을 선물 받은 의뢰인의 여자친구가 본인의 SNS 계정에 책 사진을 올렸고, 거기에 재영 책수선 계정이 태그되어 그때서야 이 책이 누군가를 위한 선물이었다는 걸 알게 되었다.

그 사실을 아는 순간 기분이 묘하게 요동쳤다. 물론 좋은 쪽으로. 세월이 아주 오래되었거나 깊은 사연이 있는 책이 아니더라도, 어쩌면 비교적 평범한 책도, 심지어 진열대에 놓여 있었으면 아무도 사가지 않았을 망가진 책이더라도 수선을 받으면 누군가에겐 새 책보다도 더 특별한 선물이 될 수 있다는 점이 무척 낯설면서도 기분 좋게 다가왔다.

도서관에 소속된 책 보존 연구실을 떠나 한국에서 재영 책수선을 열고 개인 의뢰를 받기 시작한 첫날부터 지금까지 늘 내 마음속에는 작지만 큰 욕심이 하나 있다. 바로 책 수선도 옷 수선, 구두 수선처럼 우리의 일상과 주변에 자연스럽게 스며드는 것이다. 아직도 책 수선은 워낙 알려지지 않은 분야라서 욕심을 채우기엔 훨씬 더 많은 시간이 필요할 것 같다. 하지만 그렇기 때문에 《비챠의 학교생활》이나 《관계자 외 출입금지》처럼 누군가에게 선물하기 위한 의도로 책 수선 의뢰가 들어오면 더 마음이 뛴다. 마치 책 수선가로서의 나의 욕심이 지치거나 꺼지지 않게 종종 찾아와 반짝여주고 가는, 나에게도 선물처럼 와주는 고마운 희망들 같아서.

나의 오랜 친구들을 소개합니다 #2

먼저 소개한 칼과 가위, 본 폴더, 프레스 등등 이외에도 무척 소중하게 간직하고 있는 도구가 하나 더 있다. 어쩌면 책 수선가로서 가장 의미가 큰 도구일지도 모르겠다. 이 도구의 지금 행색만 보면 아직 이걸 사용할 수는 있나 싶을 정도로 닳고 낡았기 때문에 여기에 담긴 의미를 모르는 사람이 본다면 아마 바로 갖다 버릴 것만 같다.

군데군데 다 긁히고 벗겨진 19.5센티미터 길이의 나무 손잡이와 그 끝에 짧고 단단하게 뭉친 듯 박혀 있는 1.2센티미터 너비의 검은 인조모, 바로 붓이다. 나에겐 작업용으로 쓰고 있는 붓이 53개나 있지만, 그중에서도 이건 특별하다. 아주 소중하게 특별하다.

이 붓은 미국에서 일을 할 때 한국으로 돌아올 준비를 하며 마지막으로 출근한 날, 상사에게 받은 선물이다. 새 붓을 선물 받았는데 그동안 이렇게 낡은 건 아니고, 이미 그때부터 이렇게나 낡고 닳아 있었다. 같이 일하던 동료들과 작별 인사를 하는데, 혹시 이 연구실에서 가져가고 싶거나 따로 필요한 것들은 없냐고 작별선물로 주고 싶다는 상사에게 나는 이 붓을 달라고 했다.

내가 일하던 도서관 내 책 보존 연구실에서는 첫 출근날이면 수선가들마다 각자의 지정 스테이션(자리)을 배정받게 된다. 출근 첫날 어느 한 자리로 배정을 받으면 연구실을 떠날 때까지 그 자리에서만 일을 하는 셈이다.

그리고 각자의 스테이션에는 그 자리를 쓰는 사람만이 쓸 수 있는 기본 도구들이 함께 준비되어 있었다. 일을 하다 다른 스테이션의 도구를 가져다 쓰는 건 실례였고, 혼이 날 만한 일이었다.

처음엔 '거 참, 다들 빡빡하게 일하네'라고 생각했었는데, 실은 그렇게 함으로써 각각의 도구 관리가 훨씬 수월해진다. 행여 도구로 인한 실수가 있더라도 그 관리에 대한 책임을 분명히 할 수 있기 때문에 꽤 효율적인 방법이라는 걸 일을 하면서 점차 느끼게 됐다. 책 수선가라면 철저한 도구 관리는 작업을 할 때 실수를 하지 않기 위해 가장 먼저 배워야 할 태도 중 하나라서 그렇게 한번 정해진 자리와 도구들을 가지고 계속 일을 한다는 건 도구 관리와 책임감을 배우기에 썩 괜찮은 방법인 셈이다.

각자의 스테이션에 준비되어 있는 도구통에는 보통 가위나 붓, 칼, 자, 연필, 사포, 지우개, 본폴더, 마이크로 스패츌러 등등이 들어 있다. 상사는 각각의 도구가 어느 스테이션 소속인지 구별하기 위해 색 테이프로 표시를 해놓았는데, 내 자리의 도구들은 모두 빨간색의 테이프를 두르고 있었다.

그 연구실은 상당히 오래된 곳이어서 내가 배정받은 자리는 그 전에는 다른 수선가가 일하던 자리였고, 그 전에는 또 다른 수선가의 자리였고, 그렇게 수십 년을 거슬러 올라가보면 누군가의 첫 스테이션이었을 것이다. 내가 선물로

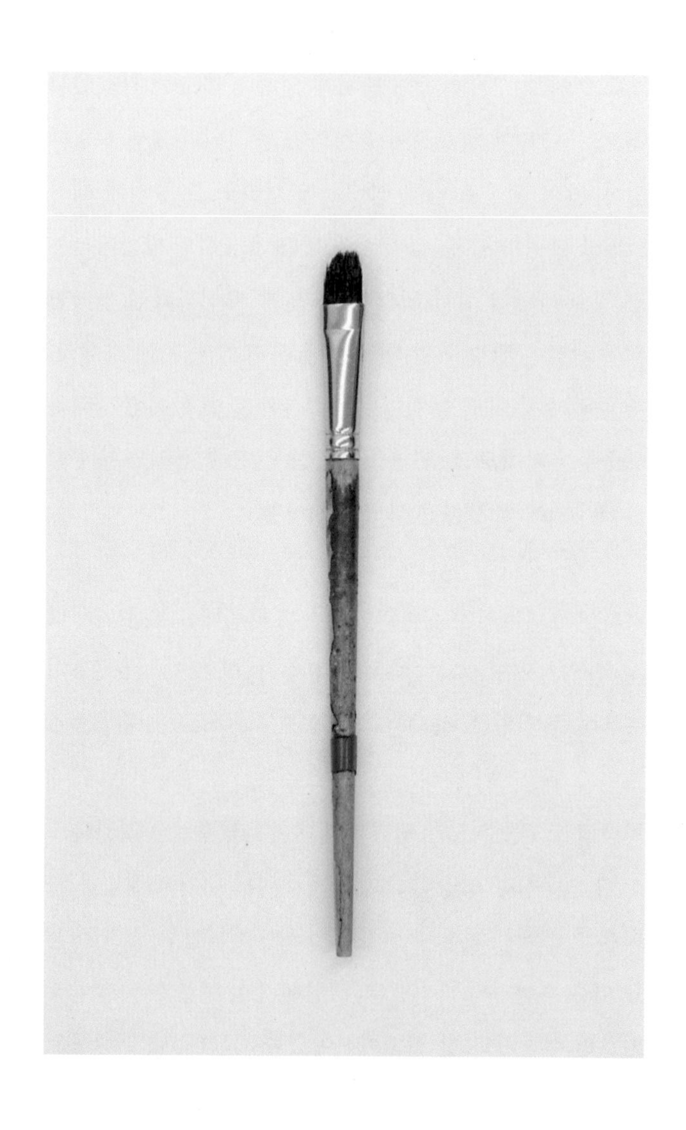

받아온 이 붓도 그 수많은 수선가들 중 누군가에게는 반짝반짝한 새 붓이었을 테고. 이 붓이 자리를 잡은 게 언제였는지는 정확히 모르겠지만 그날 이후로 계속 그 자리에서 여러 명의 수선가들을 거쳐 2014년부터는 나와 팀을 이뤄 일하게 되었다.

내가 처음 그 자리에 배정되었을 때부터 이 붓은 이미 그곳에 있는 도구들 중 최고령의 아우라를 내뿜고 있었다. 쉽게 말해 엄청 낡았다는 말이다. 처음엔 '와, 붓 정도는 좀 새 걸로 바꿔주지. 짜다, 짜'라고 생각했는데 실제로 막상 사용을 해보니 보기보다는 상태가 좋아서 놀랐다. 심지어 새 붓보다 일하기에 더 편한 부분마저 있었다.

그건 그동안 그 붓을 써온 수선가들이 워낙 관리를 철저하게 잘 해왔다는 의미이기도 했지만, 책 수선을 할 때는 오히려 부드러운 붓보단 단단하고 탄탄한 느낌의 붓이 필요할 때가 많은데 모질 속 깊숙한 곳에 조금씩 조금씩 쌓인 접착제들이 오히려 그 역할을 잘 해주고 있었기 때문이다.

나는 이 붓으로 책 수선 일을 처음 배웠고, 거기서 일하는 동안 이 붓으로 천 권이 훌쩍 넘는 책을 고쳤다. 내게 책 수선용으로 적합한 모질의 강도나 길이가 어느 정도인지를 처음으로 알려준 붓이었고, 이 일이 어렵다고 느껴지거나 실수를 해서 상사에게 혼이 날 때면 나무 손잡이에 묻어 있는, 그 스테이션을 거쳐간 수많은 수선가들의 손때자국과 하도 낡아 광이 나는 부분들을 만지작거리면서 묘한 위안을 얻고는 했다. 그곳에서 3년 6개월의 시간을 보내고 마지막으로 출근하던 날, 나는 상사에게 그 붓을 선물로 달라고 했다.

필요한 게 있으면 작별선물로 주겠다는 말에 내가 더 좋은 도구들이나 책, 장비들을 이야기할 줄 알았는지 의외의 대답에 살짝 의아해하던 상사는 이 붓도 이제 은퇴할 시기가 된 것 같다며, 은퇴하고 한국에서 노후생활을 보내는 것도 새롭고 좋을 것 같다는 농담 아닌 농담과 함께 선뜻 선물로 내어주었다.

지금은 일을 할 때 이 붓을 쓰지 않는다. 쓰려면 쓸 수는 있는 상태이긴 한데, 여기서 더 낡는 건 아쉬워서 일부러 사용하지 않고 작업대 위, 잘 보이는 곳에 보관만 하고 있다. 언젠간 이 붓만을 위한 아름다운 보관함도 만들어줄 생각이다.

비록 겉으로 보기에는 그저 하나의 낡고 오래된 도구일 뿐이지만, 그동안 수많은 수선가들의 작업을 함께해왔고, 또 무엇보다 책 수선가로서 나의 처음을 함께해준 붓이기에 사랑과 존중을 담아 오랫동안 소중히 간직하려 한다.

한 글자씩 써 내려간 마음이 살아갈 집

책은 그 안에 이야기가 오랫동안 안전하게 살 수 있도록 해주는 집과 같다. 책을 만든다는 건 안전한 종이를 내장재로 써서 튼튼한 제본으로 골조를 쌓아 올린 뒤 아름다운 인테리어로 마감을 하는, 한 채의 집을 짓는 일과 비슷하다. 그런 의미에서 책을 수선한다는 건 오래된 집을 보수하거나 리모델링하는 것과 비슷할지도 모르겠다.

책 수선을 하다 보면 지겨워진 인테리어(표지 디자인)만 바꿀 때도 있고, 너무 오래되어 이제 그만 철거하고 기본 골조(제본)부터 다시 세우는 경우도 있다. 또 가끔은 생애 첫 '내 집 마련'이 필요한, 아직은 낱장 상태의 종이 뭉치가 의뢰로 들어올 때도 있다.

오늘의 책

천자문

2006

이번에 소개할 책은 천자문이다. 집으로 치면 안타깝게도 불안정한 골조로 무너져버린 상태였다고 말할 수 있다. 의뢰인의 할아버지께서 살아생전 직접 한 글자, 한 글자 쓰셨고, 이 천자문을 쓰시는 동안 손녀인 의뢰인이 직접 한 권의 책으로 엮기를 시도해봤다고 한다. 하지만 의뢰인이 선택한 제본 방식은 이 종이들을 엮기에 적절하지가 않아서 엮으면 엮을수록 흐느적거리며 푹 퍼진 모습으로 펼쳐져버렸다. 의뢰인과 그의 어머니는 할아버지를, 아버지를 기억하는 마음에서 이 천자문을 한 권의 책으로 꼭 완성하길 원하셨고 그렇게 나의 작업실을 찾게 되었다.

의뢰인은 '책이 되지 못하고 아코디언처럼 펼쳐져 이러지도 저러지도 못하는 상태가 되어버렸다'고 하셨는데, 사실 나는 그 흐트러진 모습이 상당히 마음에 들어서 제본을 풀어버리기가 내심 아쉬웠다. 그래서 평소보다 수선 전 사진을 더 열

심히 찍어둔 책이기도 하다.

작업은 우선 의뢰인이 이전에 해놓은 실제본을 푸는 일에서부터 시작되었다. 손쉽게 가위로 실 중간중간을 끊어서 빼낼 수도 있었지만 그러지 않고 실구멍으로 사용된 종이 부분이 최대한 상하지 않게 살살 풀어주었다. 의뢰인이 일부러 그러데이션을 고려해 색색의 실을 고른 마음이 아깝기도 했고, 그렇게 풀어낸 실들을 다른 책에 또다시 사용할 수도 있을 테니까. 그러다 보니 실을 풀어내는 일에만 두 시간이 걸렸지만, 그래도 잘 풀어서 정리된 실을 보니 마음이 한결 편안해졌다.

실제본이 풀린 이 낱장의 종이들에게 이제 안전하고 아늑한 새집을 지어줄 차례다. 이렇게 커버가 없거나 아주 새로운 표지를 만들 때는 의뢰인에게 질문이 많아진다. 할아버지께서 이걸 적으시는 데 얼마나 걸렸는지, 왜 천자문이었는지, 할아버지는 어떤 분이었는지, 평소 좋아하신 색깔은 무엇이었는지, 이 책을 소장할 의뢰인과 어머니가 기억하는 할아버지는 어떤 모습인지 등 오랜 시간 이야기를 나누며 책의 도면을 그려 나가기 시작했다.

의뢰인이 알려주신 할아버지의 모습은 조용하고 은은

한 호수 같은 분이었다. 말 그대로 천자문(千字文)을 한 글자씩 써오신 기록만 보아도 차분하고 꾸준하고 한결같은 분이라는 걸 느낄 수 있었다. 그렇다고 해서 호숫가의 모습을 있는 그대로 묘사한 집을 짓는다면 차분한 할아버지의 모습과는 오히려 거리가 멀어질 거라는 생각이 들었다. 의뢰인도 화려하거나 장식적인 모습보다는 깔끔하고 정갈한 책을 원했기에 호숫가의 풍경을 은은하고도 단순하게 담아내는 게 중요했다.

사용된 종이가 마침 푸른빛이 돌았기 때문에 처음엔 물의 느낌을 담아내기가 그리 어렵지 않을 것 같았다. 하지만 두 가지 까다로운 부분이 있었는데, 첫 번째로 이 종이의 푸른빛은 낱장일 때보다 여러 장으로 겹쳐질수록 더 강렬해져서 인상이 그리 온화하거나 차분하지 않았다. 형광빛이 도는 종이의 푸른빛은 오히려 냉정하고 공격적인 느낌이 들었다.

두 번째는 이 종이가 한지였다는 점이다. 흔히 출력용으로 시판되는 A4 크기의 제품으로, 표면은 한지 특유의 거칠고 굵은 질감이 도드라졌다. 한마디로 개성이 강한 종이였다. 그 자체로는 매력이 있지만, 다른 종이와 쉽사리 어울리기 힘들다는 단점이 되기도 한다. 이제 이 천자문의 집을 짓는 데

중요한 건 '이 개성 강한 종이를 가지고 어떻게 하면 은은하게 물을 닮은 아름다운 집을 지을 수 있을까'가 되었다.

보편적으로 표지, 본문, 그리고 이 둘을 잇는 면지, 이 세 가지 구성만 갖추어진다면 우리가 흔히 아는 하드커버 형태가 완성된다. 이 천자문은 이미 본문의 푸른 종이가 강렬한 존재감을 드러내고 있었기 때문에 나머지 표지와 면지를 어떻게 선택하느냐에 따라 전체 분위기가 많이 좌우될 수 있는 상황이었다.

우선 형광 푸른빛 종이의 차갑고 공격적인 느낌을 완화시켜줄 새로운 색이 필요했다. 그렇다고 무턱대고 난색을 사용하면 자칫 형광 푸른빛의 느낌을 더 도드라지게 만들 위험이 있어서, 난색이되 본문의 종이와 비슷한 명도의 미색 종이를 넣어 균형을 잡아주었다. 이처럼 똑같은 색이라도 앞뒤로 어떤 색들과 함께 구성을 하느냐에 따라 느낌이 천차만별로 달라진다.

커버 역시 면지에 사용된 밝은 미색을 닮은, 잔잔한 호숫가의 모래사장이 떠오르는 색을 골랐다. 특별한 장식을 원하지 않은 의뢰인의 취향에 따라 커버는 그대로 남겨두고 할아버지께서 천자문을 쓰셨던 연도만 뒤표지 하단에 작게 은박으로 넣어주었다.

이렇게 해서 수선이 되기 전과는 전혀 다른 무게감을 가진 책으로 완성된 천자문. 할아버지의 성품을 닮은, 호숫가의 풍경을 담은 천자문의 새집. 의뢰인과 할아버지를 전혀 모르는 사람들이 보기엔 과연 어떨까? 이 글을 읽고 있는 분들도 이 책에 대한 설명과 사진만으로도 한 번도 뵌 적 없는 할아

버지의 모습이 은은하게나마 상상이 되는지 궁금해진다.

할아버지가 써 내려간 천자문의 의미는 무엇이었을까? 정작 천자문을 만든 주흥사는 하룻밤 만에 다음 날 머리가 새하얗게 변해버릴 정도로 바쁘게 적은 걸지도 모른다고 하던데, 할아버지는 어떤 마음으로 한 글자씩 종이에 써 내려갔을지 궁금하다.

그 마음이 살아갈 책의 집을 짓는 것, 어떤 풍경을 가진 집으로 만들지 종이와 사람의 이야기에 귀 기울여 상상하고 손에 잡히는 책으로 만들어내는 일, 이번 《천자문》에서 나의 역할은 그런 일이었던 것 같다.

파손이라는 훈장

인터뷰를 할 때마다 꼭 '지금까지 수선한 책들 중에 가장 기억에 남는 책은 무엇이냐'는 질문을 받곤 한다. 책마다 그들만의 사연이 있다 보니 이 질문에는 딱 한 권의 책을 골라 대답하기가 쉽지 않다.

하지만 만약 지금까지 수선한 책들 중 가장 큰 책은 무엇인지 묻는다면 바로 이 책을 꼽을 수 있다.

오늘의 책

The Manchester United Opus

맨체스터 유나이티드 지음, 크라케오푸스, 2006

《The Manchester United Opus》는 1878년 철도 노동자 조직에서 시작해 현재까지 이어져온 맨체스터 유나이티드(이하 맨유)의 역사를 한 권에 담은 책으로, 그 크기나 무게가 모두 엄청나다. 지난 128년의 역사를(출간연도 기준) 한 권으로 담으려고 했으니, 대체 얼마나 많은 페이지가 필요했을지 쉽게 상상해볼 수 있다.

나무로 만들어진 케이스를 제외한다고 해도, 가로세로 길이가 각각 60센티미터에, 두께는 14센티미터, 무게는 37킬로그램이나 나가는 이 책은 건장한 성인 두 명이 함께 들고서야 겨우 작업실로 운반이 가능했다. (2리터 생수병이 한 통에 2킬로그램이라고 하니, 이 책은 대충 큰 생수병 18~19병의 무게와 같다.)

크기와 무게도 놀랍지만 모양새 또한 누가 봐도 제작비를 아끼지 않았다는 걸 느낄 수 있을 만큼 화려하다. 기계가 아니라 사람이 손으로 직접 바인딩한 제본, 가죽 표지, 실크 코팅된 200그램의 두꺼운 내지, 6도판 컬러 인쇄, 길이가

200센티미터까지 펼쳐지는 게이트폴드(Gatefold) 페이지, 은박을 입힌 배면, 개별 유광 코팅이 된 2,000장 이상의 이미지들, 8밀리미터 두께의 나무 케이스, 케이스를 하나하나 감싸고 있는 실크 천. 전 세계 9,500부 한정으로 출판된 이 책들을(그중에서 이 책은 715번째다) 한 권 한 권 사람의 손으로 만들었다고 하니, 그 과정을 상상하는 것만으로도 머리가 어질어질해진다.

그런데 이 책을 만드는 데 고생을 한 건 제작자들뿐만이 아니었다. 책의 앞 페이지에는 출판 당시 맨유의 감독이었던 알렉스 퍼거슨과 '맨유의 살아 있는 전설'로 불리는 바비 찰튼의 친필 사인이 들어가 있는데, 이들이 9,500부 모두에 직접 사인을 하는 데에는 꼬박 두세 달이나 걸렸다고 한다.

이렇게 만들어진 책의 가격은 당시 5,870달러 정도였고, 지금 환율로 따지면 한 권당 최소 660만 원 이상이 된다. 스페셜 에디션(한정판)이라는 꼬리표만으로도 대충 짐작은 했지만 정말이지 여러모로 놀라운 책이다.

그리고 나는 책 수선가로서 파손된 책의 상태를 보고 한 번 더 크게 놀랐다. 보통은 책 수선 면담을 위해 의뢰인이 책을 들고 작업실을 방문하지만 이 책은 크기와 무게 때문에 옮기기가 쉽지 않아 반대로 내가 책이 있는 곳으로 가야만 했다.

그렇게 만난 책은 보자마자 입에서 '아이고'라는 소리가 제일 먼저 튀어나왔을 정도로 상태가 말이 아니었다. 내지들이 접히고 찢어진 건 물론이고 몇 장은 아예 떨어져 나온 데다 표지는 겨우 간당간당 붙어 있었다. 커버 가죽 또한 삭아 바스러지기 시작해서 수많은 부스러기들이 페이지 사이사이는 물론, 케이스 안쪽까지 모두 흩어져 달라붙어 있었다. 엎친 데 덮친 격으로 그 부스러기들은 오랜 시간 동안 책의 엄청난 무게에 눌리는 바람에 거의 종이와 한 몸이 되어버렸다. 그간 많은 사람들이 보아온 책이었기 때문에 하얀 종이에 사람들의 손때가 거뭇거뭇 묻어 있는 것도 눈에 띄었다.

풍문으로 들었소

책의 세계에는 풍문으로 유명한 망령이 하나 있다. 책을 망가트리길 좋아하는 이 망령은 일단 길쭉한 모양의 다섯 가닥으로 이루어져 있고 그 가닥들은 좀 더 큰 하나의 구멍으로 이어진다. 색깔은 거의 100퍼센트의 경우로 새하얗지만 망령의 상태가 좋지 않을 땐 약간 누렇거나 거뭇거뭇하게 변하기

도 한다.

책 중에서도 특히 아주 오래된 책이나 값비싼 책들을 괴롭히기를 좋아하지만 다행히 스스로 책에 접근할 능력은 없어서 주변에서 조용히 기다리다가 책을 보려고 다가오는 인간의 손을 이용한다. 안타깝게도 사람들은 이 망령의 뽀얀 겉모습과 손에 닿았을 때 느껴지는 부드럽고 따뜻한 감촉 때문

에 이게 책을 괴롭히는 나쁜 존재인지도 모르고 별 의심 없이 속아버린다.

기억을 잘 더듬어보면 대부분 한 번쯤은 이 망령을 마주친 적이 있을 것이다. 드라마나 영화 속에서 말쑥한 정장 차림의 직원이 손에 이 망령을 끼고선 희귀서적을 만지는 장면을 본 적이 있는지? 전시장에 갔다가 책을 넘겨보려면 꼭 껴야 한다며 이것을 건네받은 적이 있는지? 도서관에서 어떤 책들 옆에 이런 망령들이 놓여 있는 걸 본 적이 있는지? 맞다. 이 망령은 흰색 면장갑의 모습으로 사람들 앞에 나타난다.

《The Manchester United Opus》도 어김없이 망령 한 짝을 같이 달고서 나의 작업실을 찾아왔다. 책을 한 장 한 장 점검하다 페이지 사이에 끼여 있는 흰색 면장갑 한 짝을 발견했을 때 나도 모르게 짧은 탄식이 나왔다. 귀하거나 비싼 책을 볼 때 흰 장갑을 껴야 한다는 이 잘못된 편견은 대체 어디서, 언제, 누가 시작한 걸까? 영화나 드라마 같은 미디어 속에서 과장해서 연출한 장면이 현실에까지 잘못 퍼진 걸 수도 있고, 도자기나 그림 같은 미술품을 다룰 때 장갑을 끼는 모습을 보고 당연히 책에도 그래야 한다고 생각했을 수도 있고, 단순히 '손은 더러우니까 장갑을 껴야지'라고 생각한 걸지도 모르겠다.

하지만 결론부터 이야기하자면 희귀한 책을 볼 때 하얀 면장갑을 끼는 건 (아니, 그 어떤 장갑이라도) 오히려 책을 더 망가트릴 수 있다. 희귀하거나 상태가 좋지 않은 책을 만질 때 가장 좋은 방법은 사실 맨손으로 만지는 것이다. 대신 손을 비누로 깨끗하게 씻고 핸드크림도 바르지 않은 채로!

책은 여러 오염, 특히 기름 성분에 취약하다. 기름기가 닿은 종이는 더욱 빨리 변색될 뿐만 아니라 한번 오염이 되고 나면 원상복구를 시키기도 어렵다. 얼핏 생각하기에 사람 손에는 세균과 유분이 많으니 귀한 책을 볼 때는 장갑을 껴서 손의 유분으로부터 종이를 보호하는 게 옳은 것처럼 보일 수도 있겠다. 그런데도 왜 책 보존 전문가들은 희귀서적을 볼 때 장갑을 끼면 안 된다고 하는 걸까? 그건 설령 장갑이 유분으로부터 종이를 보호하는 게 사실이라고 해도 그 외의 단점들이 훨씬 더 많기 때문이다.

일단 우리가 흔히 보는 흰 면장갑이 손의 유분을 잘 차단시켜준다고 보기는 어렵다. 장갑을 끼면 손의 유분이 천에 스며들게 되고 결국 종이에 닿게 된다. 특히나 면은 기름 흡수를 아주 잘하기 때문에 (비록 우리 눈에 보이지는 않지만) 아주 신속하게 손의 유분을 종이로 옮기는 역할을 한다. 그리고 장갑을 끼면 손의 체온이 올라가서 맨손일 때보다 더 많은 땀과 유분이 나올 수 있다.

그럼 라텍스 장갑을 끼면 안 되냐고? 물론 그것도 안 된다. 맨손으로 종이의 상태와 무게를 직접 가늠할 수 있을 땐 사람들은 무의식적으로 종이를 조심스럽게 넘긴다든지, 만지기를 멈춘다든지 한다. 하지만 장갑을 끼면 손끝 감각이 함께 차단되어 둔해진다. 게다가 라텍스 장갑은 종이와의 마찰력이 높아지기 때문에 특히나 오래된 종이라면 더 쉽게 찢거나 구겨버리는 불상사가 발생할 수 있다. 그리고 불특정다수가 사용했을 장갑이 방금 깨끗하게 씻어 말린 맨손보다 더 깨끗할 가능성은 거의 0퍼센트에 가깝지 않을까?

물론 흰 장갑의 망령이 아니더라도 이런 규모의 책을 관리하는 건 쉬운 일이 아니다. 표지와 종이의 무게 때문에 일반 책처럼 세워서 보관하면 안 될뿐더러 자주 펼쳐보면 본문과 표지를 이어주는 면지 부분이 파손되기가 쉽다.

그래서 이렇게 크고 무거운 책은 사람들이 만지지 못하게 전시용으로 한 페이지만 보이게 펼쳐놓는다든지, 아니면 담당자가 조심스레 넘겨주는 페이지 일부만 볼 수 있도록 하는 게 일반적이다.

그러나 의뢰인은 그동안 매장을 방문하는 손님들이 마음껏 열람할 수 있도록 이 책을 아낌없이 내어주었고, 그 덕분에 많은 사람들에게, 특히나 축구를 좋아하는 어린 손님들에게는 특별한 기회가 되었을 거라 짐작한다.

이런 고가의 책을 사람들의 손 닿는 곳에 비치하는 일이 책 주인 입장에서 그리 쉽게 내릴 수 있는 결정은 아니다. 그래서 이 책이 그런 넓은 마음으로 망가진 거라면 마냥 속상하게만 생각할 파손은 아니라는 생각이 든다. 오히려 책으로서는 멋진 훈장이지 않을까?

60×60센티미터, 37킬로그램짜리 책을 수선하는 법

이렇게 크고 무거운 책을 수선해보기는 나도 처음이었다. 게다가 나는 혼자서 일을 하기 때문에 작업하다가 허리를 다치지 않으려면 60×60센티미터의 크기와 37킬로그램이라는 무게를 잘 이용해야 했다.

원래 내 작업실은 효율적인 동선을 위해 도구와 장비들이 나에게 딱 맞도록 배치되어 있다. 하지만 이 책을 위해서는 배치부터 바꾸어야 했다. 무게와 각도 때문에 평소 사용하는 작업대보다 낮은 단상이 필요했고, 책이 180도 펼쳐졌을 때 책의 사방을 모두 돌아다니며 작업할 수 있을 정도의 충분한 여유 공간이 필요했다. 그래서 커다란 프레스 장비들은 모두 치우고, 단상의 자리를 비우는 등 책의 크기만큼이나 준비 작업부터 꽤나 거창했다.

혼자서는 책을 들 수도 없는데다가 매번 책을 옮겨가며

작업할 수는 없었기 때문에 책 아래에 카펫처럼 두툼하고 커다란 펠트를 깔고 그걸 이리저리 잡아당기고 돌려가며 책을 움직였다. 또 책을 올려놓은 단상도 무릎 정도의 낮은 높이여서 시종일관 바닥에 붙은 느낌으로 낮은 의자에 앉아 일하곤 했다.

작업은 850페이지에 달하는 본문을 한 장 한 장 살펴보며 파손된 부위를 확인하는 것부터 시작했다. 크고 작게 찢어진 페이지들을 찾아 수선했고, 떨어지거나 심하게 구겨진 페이지들 역시 똑같은 종이로 교체하거나 고른 정렬로 맞추었다. 거의 모든 페이지에 묻어 있던 사람들의 손때와 맞은편의 사진에서 묻어나온 잉크 자국들을 닦아냈고, 열과 무게에 의해 종이에 아예 눌어붙어버린 가죽 부스러기들은 녹여서 제거했다.

그런데 이 책에는 또 하나 그냥 두기엔 지저분해 보이고 수선을 하기엔 까다로운 파손이 있었다. 내지로 사용된 비교적 두꺼운 200그램의 코팅종이가 이리저리 접히면서 잉크 아래에 있던 종이의 하얀색 펄프가 드러난 균열들이다. 균열이 너무 심한 페이지들은 보다 자연스러운 이미지 복원을 위해 채색 작업도 함께 진행했다. (망가진 사진 속 본인 얼굴과 유니폼이 이렇게 말짱하게 깨끗해진 걸 크리스티아누 호날두 선수도

수선 전

수선 후

알까. 알았으면 좋겠네!)

그렇게 850페이지를 처음부터 끝까지 열 번 이상 넘겨가며 본문 수선을 끝내고 나면 이제 표지 수선에 들어간다. 앞뒤 표지는 찢어진 면지로 인해 둘 다 거의 떨어져버린 상태였다. 표지는 책 무게를 감안해 일반 종이 대신 타이벡(Tyvek)을 덧대어 제자리를 찾아주었다. 타이벡은 내구성이 강해서 방진복이나 입장권 팔찌로 사용되는 재질이기 때문에, 일부러 칼이나 가위로 찢지 않는 이상 오랫동안 튼튼하게 보관할 수 있을 것이다.

상당히 오랜 기간 동안 이 한 권에만 집중했는데도 수선에는 예상했던 것보다 훨씬 오랜 시간이 걸렸다. 실제로 수선한 건 비록 책 한 권이었지만 그 무게나 크기 때문에 체감상으로는 마치 열 권, 아니 스무 권의 책을 동시에 수선하는 것처럼 느껴졌다.

의뢰인에게 책을 다시 돌려보내면서 이렇게 큰 책을 보관할 때의 주의사항, 책이 놓이면 좋을 받침대의 모양과 각도 등을 함께 알려드렸는데, 이미 한번 크게 망가져서 수선을 받은 책이기 때문에 앞으로는 파손을 방지하고자 예전처럼 사람들이 마음껏 펼쳐볼 수 있게 해두는 대신 눈으로만 볼 수 있게끔 전용 진열대가 따로 제작되었다.

인기가 많은 박지성 선수의 사진이 있는 페이지로 활짝 펼쳐져 있게 되었는데, 아크릴 케이스에 들어가 고정된 한 페이지만 볼 수 있게 된 건 조금 아쉽지만, 그동안 많은 사람들이 펼쳐보았던 만큼 앞으로는 책이 보다 안전하고 편하게 쉴 수 있게 해주는 것도 괜찮을 것 같다. 그 무게만큼 묵직하게 오랫동안 그 자리를, 그 특별함을 지키면서 말이다.

'반려책'과도 마음을 주고받을 수 있을까

주변에 반려동물과 함께 사는 사람들을 보면 서로가 참 많이 닮았다는 생각을 자주 하게 된다. 당연히 서로 눈, 코, 입의 형태가 닮았다는 건 아니고, 뭐랄까, 인상이 닮았다고 할까. 분위기가 닮았다고 해야 할까.

최근에 알게 된 사랑스러운 강아지 '설탕이'는 깊고 진중하면서도 단단하고 또렷한 눈빛을 가지고 있는데, 참 신기하게도 그 눈빛이 주인과 똑 닮았다. 또 내가 좋아하는 고양이, 새초롬한 듯 다부진 표정의 '모리'도 만약 그 주인이 고양이라면 저런 모습이지 않았을까 싶을 정도로 서로가 닮았다.

몇 해 전에 열여덟 살의 나이로 떠나 보낸, 우리 가족이 참 많이 사랑했던 '루'도 자기가 가장 좋아하고 따랐던 엄마랑 신기할 정도로 무척 닮았었다. 오랜 시간을 함께하면 그렇게 닮아가게 되는 걸까. 아니면 앞으로 함께하고자 하는 마음으로 찾는다면 그렇게 어딘가 닮은 서로에게 끌려 만나게 되는 걸까. 이유가 무엇이든 참 신기하면서도 멋진 인연이다.

가끔 누군가의 손에서 오랫동안 함께한 책을 볼 때도 비슷한 감정을 느낀다. 서점에 입고될 때까지만 해도 인쇄소에서 한 치의 다름없는 디자인으로 한꺼번에 대량으로 제작된 똑같은 책들이지만, 누군가가 사간 이후부터는 어떤 주인을 만나 어떤 환경에서 어떤 방식의 독서 습관으로 어떻게 보관되는지에 따라 실은 점점 각각의 특별한 책이 되어간다.

그중엔 다 읽고 난 후 별 미련 없이 버려지는 책들도 있겠지만 어떤 이유에서든 책 수선까지 받아가며 평생 주인 곁에서 귀하게 여겨지는 책들도 있다. 어쩌면 그런 책은 반려책이라고 부를 수도 있지 않을까? 그런 오랜 정이 담긴 책이라면 반려동물과 주인이 닮아 있는 것처럼 책과 주인도 책 수선을 통해 서로 닮아질 수 있지 않을까?

책 수선을 할 때는 보통 책의 내용에 맞춰 수선 방향이나 디자인을 정할 때가 많다. 특히 도서관 장서라든가, 희귀서적일 경우엔 책을 소유한 개인이나 단체의 개성은 그다지 중요하지 않고 오직 책에만 집중해서 수선의 기준을 정한다. 책이 출판된 연도를 감안해서 새로 덧대어질 재료의 재질이나 색상을 고르고, 책의 내용에 맞춰 당시 유행하던 비슷한 부류의 책을 참고하여 수선을 하는 등 책 자체가 수선의 기준이 되는 편이다.

하지만 개인 의뢰에서는 그러지 않아도 되는, 책이 모습을 마음껏 바꿀 수 있는 경우가 왕왕 있다. 그럴 땐 그 책을 수선하러 온 정성을 담아 주인과 닮은 반려책으로 만들어보면 어떨까 하는 마음이 생긴다. 그런 책 수선가의 의도가 십분 녹아들었던 책 한 권을 소개하려 한다.

오늘의 책

A Dictionary of Epidemiology

존 래스트 엮음, IEA, 1983

이 책은 현재까지도 개정판으로 발행되어 널리 읽히는 역학 의학 사전, 《A Dictionary of Epidemiology》의 1983년도 초판본이다. 약간 두꺼운 종이 표지와 함께 공업용 접착제를 이용한 무선제본, 일명 '떡제본'이 되어 있는 전형적인 페이퍼백(Paperback)이다.

하지만 떡제본의 접착력은 기본적으로 내구성이 좋지 않은 편이라서 내지 일부는 이미 완전히 분리되어 떨어져 나온 상황이었고, 나머지 부분도 조금이라도 책을 활짝 펼치면 언제든 뚝 떨어질 수 있는 상태였다. 종이로 만들어진 표지 역시 군데군데 접히고, 해지고, 찢어지면서 그대로 두면 상태가 더 심각해질 게 분명했다.

의뢰인은 이 책을 앞으로도 자주 펼쳐서 볼 예정이라고 했다. 그렇다 보니 아무래도 튼튼하게 수선되기를 가장 최우선으로 바랐다. 그 요청에 맞춰 우선 떡제본은 과감히 모두 해체해서 실제본으로 바꾸어 엮고, 낡은 페이퍼백 커버는 보다 튼튼하고 오래갈 하드커버로 교체하기로 결정했다. 사실 이것만으로도 의뢰인이 원하는 기본적인 요구사항은 충분히 해결된다. 하지만 이건 기본 뼈대만 세운 것일 뿐, 구체적으로 어떤 분위기의 책으로 만들지는 아직 정해지지가 않았다.

앞으로 평생 소장하며 자주 읽을 책이라면 의뢰인의 반려책이 될 수도 있다는 생각에 이왕이면 읽을 때마다 마음이 좀 더 가까이 가닿을 수 있게 의뢰인과 닮은 책으로 만들고

싶었다. 마침 의뢰인도 구체적으로 원하는 디자인은 없었기 때문에 좀 더 내가 원하는 방향으로 제안해볼 수 있었다.

원본은 명도와 채도가 낮은 푸른색의 배경에 제목과 저자, 그리고 출판사의 이름만 흰색으로 인쇄되어 다소 거칠고 차가운 느낌의 책이었지만, 새롭게 바뀔 모습은 의뢰인의 온화한 분위기와 정갈한 말투, 그리고 책의 구석구석을 짚어보는 섬세한 마음을 닮게 의도했다.

사실 이 책은 초판이라는 가치가 있기에 원본의 모습을 완전히 바꾸는 게 다소 망설여지기도 했다. 판매나 수집 시장에서 책의 가치를 따질 때 가장 중요하게 판단하는 요소 중 하나가 바로 원본의 모습을 얼마나 잘 유지하고 있는가이기 때문이다. 하지만 다행히 이 책은 그런 용도의 수집품이 아니었기 때문에 완전히 다른 모습으로 바꿔보자는 제안을 수월하게 받아들이셨다.

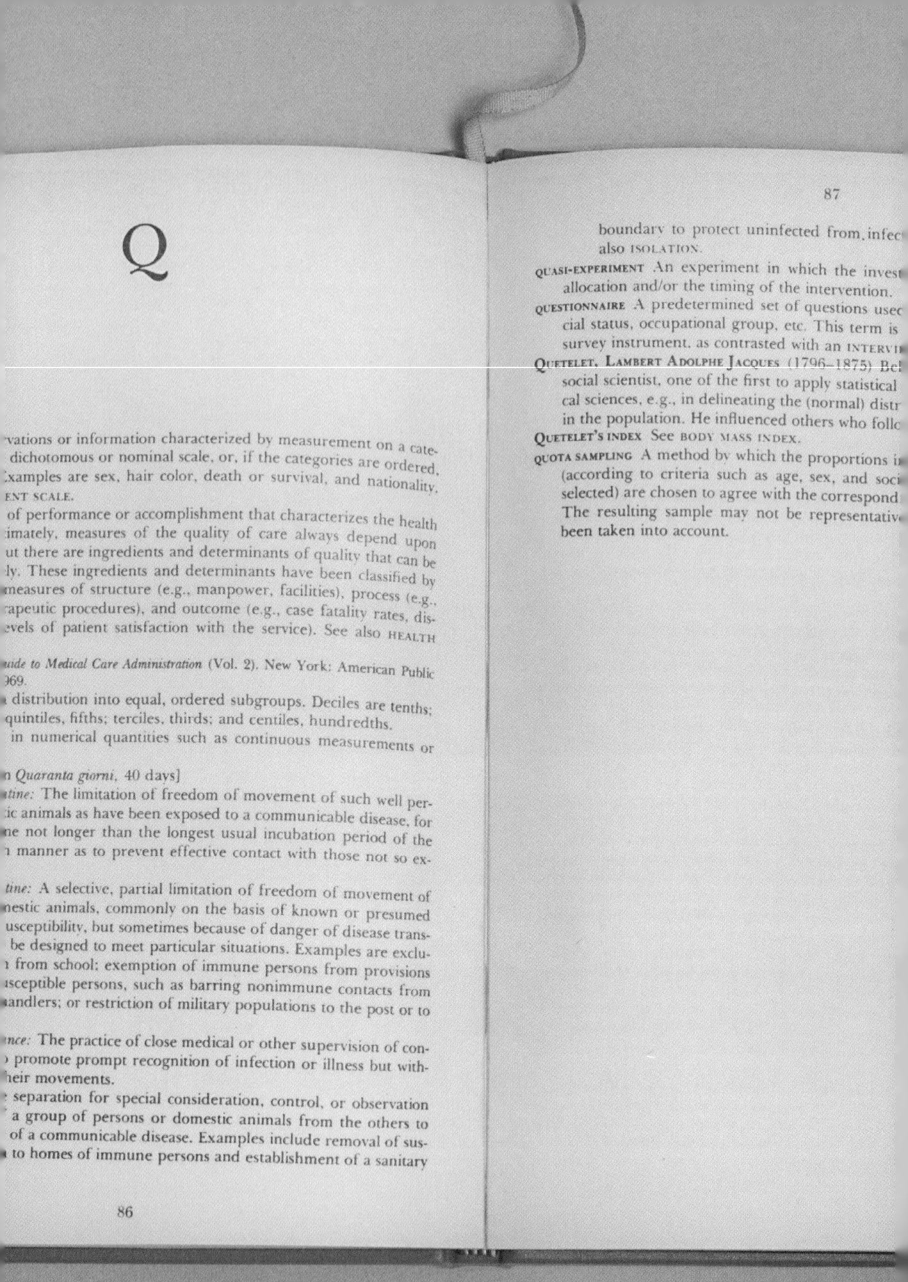

Q

·vations or information characterized by measurement on a cate- dichotomous or nominal scale, or, if the categories are ordered, Examples are sex, hair color, death or survival, and nationality. ENT SCALE.

of performance or accomplishment that characterizes the health imately, measures of the quality of care always depend upon ut there are ingredients and determinants of quality that can be ly. These ingredients and determinants have been classified by measures of structure (e.g., manpower, facilities), process (e.g., apeutic procedures), and outcome (e.g., case fatality rates, dis- evels of patient satisfaction with the service). See also HEALTH

uide to *Medical Care Administration* (Vol. 2). New York: American Public 969.

distribution into equal, ordered subgroups. Deciles are tenths; quintiles, fifths; terciles, thirds; and centiles, hundredths.

in numerical quantities such as continuous measurements or

n *Quaranta giorni*, 40 days]

tine: The limitation of freedom of movement of such well per- ic animals as have been exposed to a communicable disease, for ne not longer than the longest usual incubation period of the n manner as to prevent effective contact with those not so ex-

tine: A selective, partial limitation of freedom of movement of nestic animals, commonly on the basis of known or presumed usceptibility, but sometimes because of danger of disease trans- be designed to meet particular situations. Examples are exclu- n from school; exemption of immune persons from provisions isceptible persons, such as barring nonimmune contacts from andlers; or restriction of military populations to the post or to

nce: The practice of close medical or other supervision of con- promote prompt recognition of infection or illness but with- heir movements.

separation for special consideration, control, or observation a group of persons or domestic animals from the others to of a communicable disease. Examples include removal of sus- to homes of immune persons and establishment of a sanitary

86

87

boundary to protect uninfected from infec also ISOLATION.

QUASI-EXPERIMENT An experiment in which the invest allocation and/or the timing of the intervention.

QUESTIONNAIRE A predetermined set of questions usec cial status, occupational group, etc. This term is survey instrument, as contrasted with an INTERVI

QUETELET, LAMBERT ADOLPHE JACQUES (1796–1875) Be social scientist, one of the first to apply statistical cal sciences, e.g., in delineating the (normal) distr in the population. He influenced others who follo

QUETELET'S INDEX See BODY MASS INDEX.

QUOTA SAMPLING A method by which the proportions i (according to criteria such as age, sex, and soci selected) are chosen to agree with the correspond The resulting sample may not be representativ been taken into account.

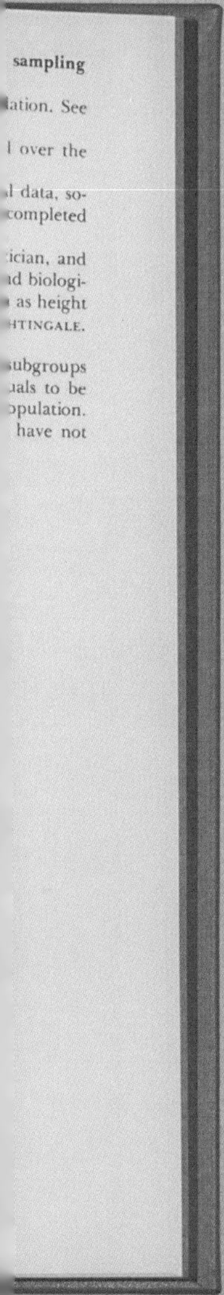

초판이라는 책의 가치를 생각해서 너무 가벼운 책이 되지 않도록 겉싸개는 천보다는 가죽을 사용했는데, 그중에서도 의뢰인의 세련되고 온화한 느낌을 닮은 카멜색의 가죽을 선택했다. 보다 완성도 높은 만듦새를 위해 원본에는 없었던 미색의 가름끈과 갈색 패턴의 헤드밴드도 추가했다. 워낙 얇은 두께의 책이었기 때문에 세심하게 고려한 부분들이 많았는데, 수선 방향과 잘 어우러진 것 같다.

수선의 마무리 단계에서는 완성된 책의 면면들을 꼼꼼히 다시 살펴본다. 본문의 종이 넘김은 괜찮은지, 제본에 사용한 실의 텐션이 적당한지, 면지의 접착은 고르게 되었는지, 실제본인 만큼 180도 펼쳤을 때에도 무리가 없는지 등등 내부를 점검한다.

이제 외부 점검이 이어진다. 책등과 커버 사이의 홈은 선명하고 깨끗한지, 커버의 넘김은 괜찮은지, 작업 중에 먼지가 묻거나 긁히지는 않았는지, 전체적인 느낌은 어우러지게 잘 나왔는지, 구석구석 확인하고 맵시가 날 수 있도록 마지막으로 꼼꼼히 다시 한 번 매만져준다. 그렇게 모든 점검이 끝나고 나면 완성이다.

의뢰인도 완전히 달라진 책의 모습을 반기셨지만, 그래도 워낙 많이 달라져서 한동안은 눈에 낯설었을지도 모르겠다. 하지만 분명 수선된 책에 담긴 온화함과 정갈함이, 책 주인을 닮은 그 모습들이 의뢰인에게 금세 친숙하게 다가갔을 거라는 확신도 함께 든다.

평생을 함께하고 아낄 책이라면, 비록 반려동물처럼 살아 있는 생명체는 아니어도 사람과 책 역시 그에 못지않게 마음을 주고받는 관계가 될 수 있다. 만약 그 관계 안에서 서로가 닮아가게 된다면, 책 수선을 통해 그렇게 된다면, 꽤 멋진 일이지 않을까?

나의 초콜릿 크림 파이

흔히 '실수는 성공의 어머니'라고 하지만, 적어도 책 수선가에게는 통하지 않는 말이다. 부담스럽게도 책 수선에서는 많은 경우 실수를 하면 돌이킬 수가 없다. 어찌어찌 수습은 가능할지 몰라도 없던 일처럼 깔끔히 만회할 수 있을 확률은 아주 낮다. 운이 좋아도 보통은 원래보다 몇 곱절의 시간과 기술과 돈이 더 들어가기 때문에 책 수선에서의 실수는 절대 겪고 싶지 않은 작은 지옥이다.

의뢰받은(게다가 다른 데서는 이제 구할 수 없는) 책에 실수로 물이라도 엎지른다면? 과자를 먹고 제대로 씻지 않은 손 기름이 책에 스며들어버리면? 들고 옮기다 바닥에 떨어트려 모서리라도 꽝 찍힌다면? 들고 있던 볼펜을 떨어트려 글자 위에 줄이라도 그어진다면? 생각만 해도 아찔하다.

이미 망가진 책을 다루다 보니 작은 실수에도 상태가 더 안 좋아질 가능성이 많아서 일하는 동안만큼은 특별히 조심해야 한다. 설령 서점에서 똑같은 걸로 얼마든지 새로 살 수 있는 책이라 하더라도 의뢰인들의 추억과 손때가 똑같이 담긴 책은 이 세상 어디에서도 구할 수가 없기 때문에 실수를 하지 않도록 각별히 조심해야 한다.

그래서 망가진 책 앞에서는 어느 때보다도 집중을 하게 되는데 그 집중력으로 뜯어진 표지의 올을 하나하나 풀어 다시 잇고, 0.5밀리미터의 오차도 나지 않도록 정확히 치수를 잰다. 상태가 심각하게 좋지 않은 책에 붙어 있는 테이프들을 제거할 때면 휴대폰은 잠시 비행기 모드로 바꿔 놓을 만큼 한껏 예민해지기도 한다.

이런 것들도 일종의 직업병이려나? 하지만 이런 긴장감은 대체로 내게 좋은 영향을 주기 때문에 외면하거나 피하고 싶지는 않다. 덕분에 실수하지 않고, 꼼꼼하게 더 좋은 결과를 만들어내니까.

다만 긴장이 주는 부담이 오래 지속되거나 퇴근 후에도 풀어지지 않고 쌓이면 곤란하다. 보통은 퇴근하고 맛있는 저녁을 만들어 먹거나 시시껄렁한 시트콤을 보면서 긴장을 풀고 부담감을 털어내곤 한다.

하지만 일정이 바쁠 땐 그러기도 쉽지 않아서 가끔은 매일의 긴장감이 쌓이고 쌓이다가 막연한 불안으로 바뀔 때가 있다. 불안은 언제나 너무나 쉽고 빠르게 다른 장점들을 덮어버리기 때문에 일을 하다가 의뢰인의 책이 아닌, 얼마든지 다시 살 수 있는 재료용 종이를 잘못 잘랐을 뿐인데도 그런 실수가 유난히 잦은 날이면 그때부턴 알 수 없는 막막함과 초조함이 목구멍을 한가득 꽉 메우고 만다. 실수하면 안 된다는 생각에 손끝이 떨리면서 종이를 자르는 칼날이 흔들리기도 한다.

그럴 때면 나는 잠시 하던 일에서 멀어진다. 컨디션에 따라 할 일을 정한다고 하면 좀 프로페셔널하지 않아 보이려나. 하지만 그러다 실수해서 돌이킬 수 없게 책을 망치는 것보다는 융통성 있게 난이도를 바꿔가며 작업하는 게 백

번 났다.

스트레스가 심하게 쌓였거나 컨디션이 무너진 날, 혹은 이런저런 이유들로 불안해서 집중이 잘 되지 않는 날에는 예민하게 다뤄야 하는 어려운 과정은 잠시 미뤄두고 간단하거나 어렵지 않은 밑작업 위주로 일한다. 딱히 집중하지 않아도 절대로 실수하지 않을 정도로 쉽고 익숙한 작업들 말이다.

예를 들어 구겨진 종이를 반듯하게 펴는 일이라든가, 떨어진 낱장을 다시 붙이는 일, 아니면 작업할 책을 분해하는 일 같은 것. 이런 일들은 도서관에서 일을 할 때부터 지금까지 2,000권에 가까운 책들을 수선해오면서 가장 많이 한 기본적인 일들이라 자다 말고 일어나서 하라고 해도 실수하지 않을 그런 작업들이다.

그래서인지 신기하게도 불안할 때 이런 단순한 일들을 반복하다 보면 마음이 어느새 한결 정돈된다. 가장 쉽게 얻을 수 있는 작은 성공과 만족감으로 불안을 조금씩 밀어내는 방법이다. 불안할 때마다 써먹는 이 방법이 열 번에 아홉 번은 통한다.

내가 사랑하는 영화 〈줄리&줄리아〉에 이런 대사가 나온다. 주인공 줄리가 일진이 사나운 하루를 보내고 집에 돌아와 초콜릿 크림 파이를 만들며 남편에게 오늘 하루가 얼마나 엉망이었는지 푸념하면서 자기가 왜 요리를 좋아하는지 이야기하는 장면이다. 비록 아무것도 확신할 수 없는 날을 보냈다 하더라도 적어도 집에 와서 초콜릿 크림 파이를 만들기 위해 달걀 노른자와 초콜릿, 그리고 설탕과 우유를 함께 섞다 보면 그 반죽이 되직해진다는 것만큼은 확실히 알고 있기 때문에 안심이 된다는 말. 나도 그 마음이 뭔지 너무 잘 안다.

구겨진 종이를 펴고 떨어진 낱장을 붙이고, 책을 분리하고 해체하는 일은 내게는 너무나 익숙한 책 수선이라 가장 빠르고 확실하게 만족감을 얻을 수 있는 방법이다. 긴장감 높은 일을 하면서 유난히 불안이 커질 때마다 만들어보는 나의 초콜릿 크림 파이들이다. 이 글을 읽는 분들 중에서도 만약 일을 하다 알 수 없는 불안에 문득문득 괴로운 사람이 있다면 다들 각자의 초콜릿 크림 파이를 가질 수 있기를, 가장 쉽고 선명한 위안에 기댈 수 있기를 바란다.

재영 책… 아니, 종이 수선!

'재영 책수선'은 상호에 '책수선'이라고 적혀 있어서 그런지, '책'만 수선하는 곳으로 여겨질 때가 많다. 하지만 실제로는 책뿐만이 아니라 다른 물건들에 대한 수선도 종종 맡는다. 책은 기본적으로 종이의 묶음이기 때문에 책 수선가라면 당연히 책과 함께 종이를 다룬다. 본문 종이가 아닌 양장본의 두꺼운 표지라 하더라도 그건 펄프가 뭉쳐져 있는 아주 두꺼운 종이인 셈이라 책 수선은 결국 기본적으로 종이를 어떻게 관리하고 수선하는지에 대한 분야다.

그렇다 보니 책 수선가는 무엇보다 종이에 대한 이해가 필요한데, 종이에 대해 이해하려면 펄프의 두께와 결에 대한 이해가 필요하고, 펄프의 두께와 결에 대해 이해를 하려면 다양한 원재료에 대한 이해가 필요하다. 결국 책 수선가는 여러 가지 원재료들에 대한 이해가 많을수록 좋다.

예를 들어 닥나무로 만든 종이인지, 천으로 만든 종이인지, 대나무나 옥수수 수염 등으로 만든 종이인지, 동물의 가죽으로 만든 종이(!)인지, 인공 합성물질로 만든 종이인지, 세세한 원재료와 물의 비율은 어느 정도인지, 그렇게 해서 나온 두께들은 얼마인지에 따라 최종적으로 만들어지는 종이의 느낌과 내구성이 많이 달라지기 때문에 각각의 종이에 맞는 처치와 수선용으로 필요한 추가재료들을 선택하려면 종이에 대한 넓고 깊은 이해가 꼭 필요하다.

나는 대학원에서 북아트와 제지를 전공하면서 이런 원재료들에 대한 이해, 종이에 대한 이해, 그리고 책에 대한 이해를 배우게 됐다. 운이 좋게도 책 보존 연구실에서 학업과책 수선 일을 함께 병행하면서 그 이해들을 바로바로 더 깊은 경험으로 연결 지을 수 있었다.

연구실에서 일을 하며 가장 재미있었던 건 다양한 종류와 형태의 종이들을 만날 수 있었다는 점이다. 14세기에 그려진 지도 조각부터 프랑스 어느 가문의 화려한 인장이 찍힌 장서표, 왜 모았는지 이유를 알 수 없는 어느 가족의 머리카락들을 담아놓은 종이봉투, 각종 오래된 광고지들과 장식용으로 쓰인 마블링 종이들, 오래된 사진, 금박으로 한껏 치장된 종이상자, 종이로 만들어진 인형, 그리고 천차만별의 상태인 수천 권의 책들까지, 대부분 아주 오래된 종이들이었고 덕분에 다양했던 종이의 쓰임새를 공부할 수 있었다.

사실 종이로 만들어진 물건이 얼마나 많은지 보려면 그렇게 멀리 과거로 갈 필요도 없이 당장 이 글을 쓰고 있는 지금 내 책상 위를 한번 쓱 훑어보기만 해도 된다. 다 읽지도 못하고 쌓아놓은 여러 권의 책들, 탁상달력, 구깃구깃한 영수증, 메모지, 휴지, 한 개도 안 맞은 로또 종이, 누군가의 명함, 언제 도착했는지 기억도 잘 나지 않는 택배 상자, 새 작업실 월세 계약서, 공책, 읽다가 만 선풍기 설명서, 씹던 껌을 뱉어놓은 포장지 등등. 별로 크지도 않은 책상 위에만 해도 열두 가지 종류의 다른 종이들이 놓여 있다.

내가 책 보존 연구실에서 누군가의 머리카락이 담겨 있는 오래된 봉투를 행여 망가트릴까 손끝을 바들바들 떨며 수선했던 것처럼, 지금 내 눈앞에 있는 씹다 버린 껌을 싸놓은 이 포장지도 어찌어찌 운이 좋게 살아남아 수 세기가 지난 후 미래의 어느 지류보존가로부터 몇 년경의 어느 회사의 껌 포장지인지 분석당하며 조심조심 수선을 받을지도 모른다.

지금도 (연구실에서 일할 때만큼의 빈도는 아니지만) 여전히 책이 아닌 종이들도 수선한다. 그런 의뢰를 맡기는 분들은 항상 책이 아니어도 의뢰가 가능한지부터 먼저 조심스레 물어보신다. 그래서 가끔은 '작업실 상호를 재영 책수선이 아니라 '재영 종이수선'으로 해야 했던 건 아닐까?' 그런 생각이 들기도 한다. 이참에 내 작업실은 책뿐만이 아니라 종이라면 모두 환영하는 곳이라는 걸 여기에다가 다시 한 번 적어놔야지.

재영 책수선은 세상의 모든 망가진 종이들을 환영합니다!

오늘의 수선

책갈피

개인 소장품

오늘은 의뢰들 중 책이 아니라 의외지만 사실은 당연한, 종이 물건들에 대한 수선 이야기를 해볼까 한다. 그중에서도 이번 의뢰인이 맡긴 물건은 지인으로부터 선물 받았던 책갈피로, 시간이 지나면서 코팅지가 벗겨지고 모서리 부분들이 조금씩 해지기 시작한 상태였다. 의뢰인의 표현처럼 이런 책갈피들은 보통 "수명이 다하는 만큼만 사용하도록 만들어진 제품"이다. 하지만 그럼에도 불구하고 재영 책수선을 거쳐간 다른 책들처럼 이 책갈피에 얽힌 추억과 사연이 깊어 앞으로 조금이라도 더 오래 쓸 수 있길 바라는 마음으로 수선을 의뢰하셨다.

사실 처음에 의뢰인은 수선이 불가하면 테두리를 아예 다른 재질로 띠처럼 두르는 방식도 제안하셨지만 의뢰인에게 의미가 깊은 책갈피인 만큼 의뢰 목적을 감안했을 때 가능한 한 원래의 모습을 그대로 유지하는 방식을 제안드렸다. 그렇게 전체를 띠처럼 두르면 더 이상 코팅지가 벗겨지지 않는다는 장점이 있지만 언젠가 또 가장자리들이 상하게 되면 그때는 띠가 둘러진 만큼 모두 잘라내야 할 가능성이 커서 오히려 더 큰 훼손과 변형이 발생할 수 있다는 단점이 있기 때문이다. 그 방법은 앞으로 책갈피를 쓰고 또 쓰시다가 언젠가 정말 돌이킬 수 없을 정도로 파손되었을 때, 그때를 위해 남겨놓기로 했다.

이런 식으로 얇은 비닐 코팅이 벗겨지는 경우는 오래된 잡지나 만화책에서도 흔히 볼 수 있고, 일반적인 페이퍼백에서도 쉽게 찾을 수 있다. 아주 작은 모서리 일부분이라도 코

수선 전

수선 후

팅지가 한번 들뜨게 되면 그 이후로 가방에 넣고 다니면서 이리저리 치이고, 사람 손에 밀리는 등등 점점 더 빠른 속도로 벗겨진다.

면적이 넓지 않고 떨어진 지 오래되지 않은 경우엔 일반 풀이나 목공용 접착제 같은 PVA류의 접착제를 사용해서 쉽사리 다시 붙여줄 수 있다. 하지만 이 책갈피는 벗겨진 코팅지와 책갈피의 종이 부분이 이미 많이 상했거나 더러워졌고, 손가락으로 조금만 세게 문질러도 코팅 층이 쉽게 분리되는 단계였다. 또 일반적인 접착제는 접착력이 충분하지 않고, 코팅지의 두께가 너무 얇아 강력접착제로는 자국이 남을 가능성이 커서 무작정 제일 강력한 접착제를 사용할 수 없는 상황이기도 했다.

수선 작업은 위의 상황들을 고려해 몇 가지의 접착제 테스트로 시작한다. 적정 비율의 접착제를 찾고 나면 말려 있던 코팅지를 펴주고 벗겨진 종이와 코팅지에 묻은 오염과 이물질들을 최대한 제거한다. 그렇게 밑 작업을 끝낸 뒤 미리 만들어놓은 접착제를 사용해 다시 부착하는 것으로 수선은 마무리된다.

오늘의 수선

액자

개인 소장품

아름다운 앤티크 액자 네 개가 의뢰로 들어왔을 땐 처음엔 조금 당혹스러웠다. 하지만 이내 이것 역시 종이를 다루는 일이니 하지 못할 이유가 없다고 생각했다. 좀 더 정확히 말하면, 액자의 뒤판과 받침 부분을 새로 제작해달라는 의뢰였는데, 이 작업을 맡을 수 있었던 이유는 뒤판과 받침이 요즘 액자에 흔히 사용되는 나무나 플라스틱이 아닌 보드와 종이로 제작되었기 때문이다.

네 개의 액자는 모두 비슷한 파손이 있었다. 주로 뒤판이 많이 상해 있었고 무엇보다 액자가 안정적으로 서 있기 위해서 가장 중요한 부분인 다리받침이 아예 사라졌거나 망가진 상태였다. 은은한 주황빛이 도는 나무 프레임의 첫 번째 액자, 완만한 곡선의 아름다움이 있는 와인 빛깔의 두 번째, 세 번째 액자, 그리고 세세한 장식이 가미된 메탈 프레임에 요즘은 보기 힘든 곡면 유리가 끼워져 있던 제일 커다란 크기의 네 번째 액자까지, 구석구석 들여다보면 디테일에서 각각의 개성이 드러나는 빈티지 액자들이다. 앞으로 그림을 넣어 다시 사용할 목적인 액자들이었기에 수선은 망가진 뒤판과 다리받침을 완전히 새로 제작해 무너진 구조를 되살리는 방향으로 정했다.

서로 크기 차이가 있는 만큼 각각 바닥에 놓고 세웠을 때 뒤판과 다리받침에 가해지는 하중의 차이도 컸다. 수선은 각각의 무게에 맞는 보드 종류를 고르는 일부터 시작됐다. 프레임에 끼워 고정시킬 수 있는 뒤판의 두께는 이미 원래 액자의 고정 후크로 인해 정해져 있었기 때문에 무작정 두껍고 튼튼한 보드를 쓸 수도 없는 일이었다. 여러 회사에서 나오는 보드 샘플들을 확인하여 각각의 액자 크기와 무게에 알맞는 두께와 질량의 보드를 골랐다.

크기에 맞춰 보드를 잘라 구조를 만든 뒤 작은 크기의 액자 세 개는 붉은빛이 도는 나무 프레임의 색과 어울리도록 짙은 자줏빛 가죽으로, 제일 큰 액자는 황금빛 메탈 프레임과 잘 어울리도록 갈색 가죽으로 감쌌다. 윗부분이 아름답게 둥글어진 액자들은 곡면의 디테일을 따라 들뜨지 않게 마무리했고, 큰 액자의 뒤판은 사용된 보드가 혹시 모를 습기에 휘어지는 경우를 대비해 휘는 정도가 최대한 적도록 결의 방향을

이중으로 보강했다.

그동안 지도, 엽서, 카드, 사진 등등 다양한 지류를 접했다고 생각했지만 액자는 또 색다른 작업이었다. 무엇보다 액자를 이렇게 구석구석 자세히 들여다본 적도 살면서 처음이었다. 파손의 형태를 수집하는 나로서는 그래서 더 좋았던 지점도 있었다. 책갈피나 액자들처럼 경험해보지 않은 새로운 구조나 재료의 두께나 재질들을 만나면 어떻게 수선해야 하는지 고민하면서 나 역시 한 발자국 더 앞으로 나아가는 기분이 든다. 앞으로는 또 어떤 의외의 종이들을 만나게 될까?

소모품과 비품의 경계

책은 소모품일까, 아니면 비품일까? 비교적 쉽게 망가지고 닳는 종이나 실 등등으로 만들어졌고 자주 읽을수록 그만큼 망가지기도 쉬워서 내 손을 거쳐간 훼손된 책들을 보면 소모품 같다가도, 관심이 없었거나 오히려 너무 소중해서 읽지 않고 보관만 해 오랜 세월 동안 망가짐 없이 고스란히 잘 유지되고 있는 책을 보면 비품 같아 보이기도 한다.

오늘의 책

옥편

저자, 출판, 연도 미상

이번에 보여드릴 책은 책 수선으로 소모품의 영역에서 비품의 영역으로 넘어간, 오랜 세월 동안 닳을 대로 닳은, 망가질 대로 망가진, 수선을 받을 대로 받아온 작은 옥편이다.

의뢰인의 할아버지께서 생전에 쓰시던 책을 삼촌과 아버지께서 물려받아 쓰시다가, 돌아가신 후 유품으로 남아 의뢰인이 소장하게 되었다고 한다. 대충 유추해보기로도 60~70년은 족히 넘은 작은 옥편으로, 파손된 상태긴 해도 오랜 세월을 거쳐온 모습이 무척 멋지다.

파손은 사연만 듣고도 충분히 짐작할 수 있을 만큼 상당히 심한 상태였다. 책등이 몇 덩이로 분리되었고 표지는 완전히 떨어져버렸다. 군데군데 헐거워지고 끊긴 실로 인해 틈새가 생겨 제본은 불안한 상태였고, 표지의 책등은 거의 사라졌다.

그런데 이 옥편의 또 하나의 재미있는 부분은 이 망가진 상태 속에 이미 여러 번의 수선 흔적이 남아 있다는 점이다.

곳곳에 뜯기거나 찢긴 부분들이 다양한 방식으로 수선되어 있었다. 우리가 흔히 쓰는 투명테이프부터 한지로 추정되는 종이들까지. 그리고 제본 역시 각기 다른 재질과 색깔의 실로, 서로 다른 시기에 각각 다른 방법으로 수선되었던 걸 확인할 수 있었다.

다만 전문적인 수선 방법은 아니다 보니 그 흔적들이 쌓이고 쌓이면서 안타깝게도 오히려 더 큰 파손을 일으킨 부분도 있었다. 제본이 헐거워지거나 떨어질 때마다 사용된 실의 굵기와 힘이 달라서 전체적인 높낮이의 균형이 틀어져버린 것이다. 앞의 사진에서 책의 머리(오른쪽)와 꼬리(왼쪽)를 보면 서로 높이가 다른 것을 볼 수 있다.

이 사전의 구석구석을 좀 더 살펴보면 우선 몇 번의 각기 다른 상태의 실들로 꿰맨 제본과 바스라지기 직전인 종이 표지가 눈에 띈다. 앞표지에는 직접 손으로 쓴 '玉篇(옥편)'이라는 제목이 있는데, 안타깝게도 하필이면 글자가 있는 부분이 가장 많이 훼손되었다. 세월의 흔적을 최대한 그대로 유지한 채 수선하기로 한 책이라 떨어지고 뭉개진 부분들의 결을 조심스레 다독여가며 보다 안정되게 만들어주었다.

뒤표지는 어두운 색깔 때문에 시간의 흔적이 더욱 극명하게 드러나 보인다. 옥편이 파손된 건 안타까운 일이지만, 이렇게 오랜 세월에 걸쳐 생겨난 멋진 형태와 질감을 가까이 들여다볼 수 있는 건 흔치 않은 멋진 기회이기도 하다.

이 책에서 또 하나 재미있는 사실은, 옥편의 책등을 단단히 고정시키기 위해 사용한 종이에는 영문이 인쇄되어 있었다는 점이다. 이면지를 사용했다는 증거인데, 아직 남아 있

는 글자 형태로 유추해보면 'Bud'라고 적혀 있었던 것 같다. 꽃봉오리나 새싹을 뜻하는 영어 단어인 'Bud'가 맞다면, 이 글자가 적혀 있던 종이는 원래는 무슨 내용의 종이였을까? 봄날의 싹을 이야기하는 시집의 일부분이었을까? 정확한 답을 알 길은 없지만 책 수선을 하다가 이런 작은 부분을 발견하면 이런저런 상상을 해볼 수 있어서 즐겁다.

표지 역시 이면지가 사용된 걸 확인할 수 있었다. 조금만 건드려도 부서지고 결대로 들떠 벌어지는 탓에 더 이상의 파손을 방지하기 위해 약품 처리와 보수를 진행하는 과정에서 이면지로 사용된 종이의 붓글씨들이 일시적으로 드러났다. 약품이 증발하면서 사라지긴 했지만 이 짧은 순간만큼은 마법 편지라도 발견한 듯 신기했다.

망가진 표지뿐만 아니라 완전히 분리되어 떨어진 낱장들과 책등 수선도 함께 진행했다. 서로 연결되어야 하는 짝들을 찾아 해체하고 재접합하는 단계들을 거쳐 다듬고 나면 다시 원본과 합체시킬 준비가 끝나는데, 이 단계에선 페이지의 순서가 뒤바뀌지 않도록 조심한다.

대체로 책 수선의 모든 과정이 그렇긴 하지만, 특히나 책등 수선엔 더 많은 인내심이 필요하다. 단, 인내심을 가지되 늦어선 안 되고, 서두르되 과격해져서도 안 된다. 책등이 망가졌다는 건 어찌 보면 책이 가장 약해진 상태라는 뜻이기 때문에 속도를 낼 때와 기다릴 때의 균형을 잘 잡아야 한다.

얼마 남지 않았던 책등의 제목 역시 더 이상 망가지지 않도록 보완 및 수선을 해주었다. 비록 많이 닳았고, 색도 변하고, 사라진 부분도 있고, 3~4센티미터밖에 되지 않는 작은 조각이지만, 여전히 유추할 수 있는 정보를 가지고 있는 중요한 부분이기에 소홀히 해서는 안 된다.

많은 단계를 거쳐 실이 풀어지거나 끊어진 곳, 종이가 뜯겨지거나 찢어진 곳 등등을 모두 수선했다. 이 사전이 거쳐온 오랜 시간을 기리기 위해 원본의 느낌을 최대한 유지했지만, 대신 앞으로는 좀 더 안전하게 보관할 수 있도록 함을 만들어주었다. 판형 자체가 상당히 작은 크기의 옥편이라 보관함도 그에 맞는 아담한 크기로 제작했다.

우선 외관을 보자면, 함의 앞면에는 의뢰인이 직접 쓴 '小字典(소자전)' 글씨를 그대로 본을 떠 제목으로 넣었다. 필체 특유의 귀여운 느낌을 해치지 않은 선에서 함과 잘 어울리도록 형태를 다듬었고, 함의 등과 뒷면에는 약간의 장식을 더해 균형을 잡았다. 전체적인 톤과 배색은 의뢰인이 말씀하신 차분하면서도 산뜻한 느낌에 맞춰 짙은 남색과 미색으로 골랐다.

제목 작업을 위해 의뢰인이 적어서 보내주신 글자

이런 보관함을 만들 때의 묘미는 모든 치수와 재단이 딱 떨어져서 뚜껑

을 스르륵 여닫을 때 느껴지는 특유의 부드러운 압력이다. 잘 만들어진 함이라면 그런 경험을 할 수 있다. 이 보관함도 그런 면에서 잘 만들어졌다.

60~70년이 훌쩍 넘는 세월 동안 할아버지에서 삼촌으로, 삼촌에서 아버지에게로, 아버지에서 의뢰인에게까지 대대로 물려내려오면서 얼마나 많은 손길이 닿았을까. 그 애정의 손

길만큼 많이 닳았던 책은 이제 다시 맘껏 펼쳐볼 수 있을 만큼 튼튼해졌다. 안전하게 보관할 수 있는 케이스도 생겼다.

물론 수선으로 망가진 책을 아무리 새 책처럼 고친다 해도 앞으로의 세월에 또다시 닳아가는 건 어쩔 수 없는 일이다. 하지만 망가져버린 책도 수선을 통해 다시 새롭게 시작할 수 있는 기회를 얻게 된다면, 다칠까 조심스러웠던 책도 더 편한 마음으로 보다 가깝게 대할 수 있을 것이다.

우연히 만나 운명이 되는 책

만약 이 책을 읽고 계신 분들이 나에게 책 수선을 의뢰한다면 어떤 책을 맡기실지 궁금하다. 어린 시절 즐겨 보았던 동화책? 누군가에게 선물로 주기 위한 책? 부모님의 유품? 수집용 책?

보통 의뢰인들이 맡기는 책에는 크든 작든 그 책을 향한 각자의 고유한 애착이 담겨 있다. 그럼 나는 그 애착의 방향에 따라 책의 기억을 잘 살피고 가꾸는 마음으로 작업을 시작한다. 재영 책수선 작업실을 연 이후로는 도서관 책 보존 연구실에서 장서들만 다룰 때는 잘 몰랐던 책과 개인의 추억들을 만나면서 날마다 다른 보람과 재미를 느끼고 있다.

그렇게 의뢰를 맡기셨던 분들 중 한 분이 언젠가 나에게 "사실 그냥 흔한 책이었는데 책 수선을 받고 나니 오히려 특별한 책이 된 것 같다"고 말씀하셨던 게 기억이 난다. 그때 나 역시 어떤 특별한 순간을 의뢰인과 공유하게 된 것 같았다.

책을 수선하기보다 새 책을 다시 사는 게 훨씬 쉽고 간편한 시대를 살면서, 대부분은 특별한 추억이나 가치를 지닌 의뢰들을 만나게 되는 건 사실이다. 하지만 정반대의 경우도 있다. 그래서 지금까지 소개한 책들과는 조금 다른 방향의 책 수선, 책 수선을 받고 나서 오히려 특별해진 책 한 권을 보여드리려고 한다.

오늘의 책

La Tecnica Dei Grandi Pittori

월데마르 야뉴스자크 · 루스코니 이마지니 지음, 루스코니리브리, 1982

우선 이 책은 개인 의뢰가 아니라 행사 주최 측에서 전시용으로 의뢰를 한 책이었다. 내게 비가 올 때마다 뻐근하게 올라오는 손목통증처럼 남은 작업이라 이 글을 쓰고 있는 순간에도 사실 기분이 복잡미묘하다.

내가 해보고 싶었던 책 수선의 가능성을 보다 적극적으로 내비쳤던 작업이었고, 책 주인과 나의 일대일 의뢰가 아니라 전시를 통해 실제 책을 놓고 다수의 사람들과 질문을 주고받으며 이야기를 해볼 수 있는 기회였다. 전시 일정에 맞추느라 다른 개인 의뢰 일정들을 무리하게 조정해가며 빠듯하지만 열심히 준비했었다.

그런데 아쉽게도 갑작스런 사정으로 전시 오픈을 일주일도 채 남겨두지 않고 취소되어버렸다. 쓰린 마음과 함께 비록 사진만 남게 되었지만, 이렇게 글로나마 소개할 수 있는 기회가 있어 다행이다. 만약 전시가 예정대로 진행이 되었다면 어떤 이야기를 하고 싶었는지, 어떤 질문을 나누고 싶었는지 짧은 글로 속을 달래본다. 언젠가 책 수선이 개인 의뢰를 넘어서서 전시를 통해 더 많은 사람에게 보여질 수 있는 또 다른 기회가 있길 바라면서.

전시는 주최 측에서 망가진 책들을 가지고 오면 그중에서 한 권을 골라 작업하는 방식으로 진행되었다. 여러 권의 책들 중에서도 이 책을 선택한 이유로는 우선 한 권의 책 안에 다양한 파손의 형태가 들어 있는 점이 좋았고, 또 다른 이유는 책 주인에게 이 책에 대한 기억이 거의 없다는 점이었다. 언제

어디서 어떻게 소장하게 되었는지 기억이 확실하지 않았고, 책 수선용으로 집에 있는 망가진 책들을 찾다가 그제서야 오랜만에 발견하게 된 책이라고 했다.

그동안 내게 의뢰로 들어왔던 특별한 추억과 사연이 있는 책들과는 사뭇 다른 느낌이었는데, 오히려 그 부분이 마음에 들었다. 게다가 찾아보니 이 책은 출판된 이후로 그다지 인기가 있었던 책도 아니었고, 지금도 중고책으로 구하려면 12.30유로(약 1만 6,000원) 정도에 얼마든지 구할 수 있는 그런 흔한 책이다. 주인으로부터도 존재 자체가 거의 잊혔던 책, 특별한 사연이 있지도 않은 책, 그다지 희소가치가 높지 않은 책. 어쩌면 평범하디 평범하다고 할 수 있는 이 책을 나는 책 수선을 통해 오히려 특별한 책으로 만들고 싶었다.

어떤 특별함을 넣을지 결정하기 위해 책의 내용과 모습을 구석구석 살펴보기 시작했다. 우선 책의 외관을 놓고 보면 특별한 것은 전혀 없는, 아주 전형적인 양장본이었다. 책머리 쪽엔 물에 젖은 흔적이 보이고 (어쩌면 개의 오줌일지도 모르겠다.) 한쪽 모서리는 개가 물어뜯은 이빨 자국과 침 자국이 남아 있었다. 겉싸개는 때가 타서 많이 더러워졌고 책등에 찍힌 제목도 거의 닳아 빛이 바래 있었다. 본문에는 날카로운 칼에

iconografiche

아주 깊이 베인 흔적도 있고, 아무튼 여러모로 수난을 많이 겪은 책으로 보였다.

내용 면에서 살펴보자면 제목에서도 알 수 있듯이 50명의 유명한 화가의 그림들을 기반으로, 컬러인쇄된 많은 도판들과 함께 작품에 쓰인 페인팅 기술들을 분석하고 설명하는 책이다. 처음에는 그다지 도드라지게 특별한 점이 없는 듯했는데, 가만히 보니 유난히 눈에 들어오는 부분이 한 가지 있었다. 목차에 나와 있는 50명의 이름을 적어보면 아래와 같다.

1. Giotto 2. Duccio di Buoninsegna 3. Jan van Eyck
4. Piero della Francesca 5. Leonardo da Vinci
6. Hieronymus Bosch 7. Tiziano Vecellio
8. Nicholas Hilliard 9. Caravaggio 10. El Greco
11. Diego Velázquez 12. Peter Paul Rubens
13. Rembrandt van Rijn 14. Jan Vermeer
15. Jean-Antoine Watteau 16. Joshua Reynolds
17. Thomas Gainsborough 18. William Blake
19. John Constable 20. Jean-Auguste-Dominique Ingres
21. Eugéne Delacroix 22. William Turner
23. Jean-François Millet 24. William Holman Hunt

25. Gustave Courbet 26. Édouard Manet

27. Oscar-Claude Monet 28. Pierre-Auguste Renoir

29. Edgar Degas 30. Georges Seurat 31. Vincent van Gogh

32. Edvard Munch 33. Paul Cézanne 34. Paul Gauguin

35. Henri Matisse 36. Pablo Picasso 37. Wassily Kandinsky

38. Pierre Bonnard 39. Fernand Léger 40. Edward Hopper

41. Salvador Dali 42. Paul Klee 43. Piet Mondrian

44. Max Ernst 45. Jackson Pollock 46. Jasper Johns

47. Frank Stella 48. Richard Hamilton

49. Roy Lichtenstein 50. David Hockney

누구 한 명 빼놓을 것 없이 미술에 관심이 있다면 한 번쯤은 들어봤을 유명한 작가들이다. 그런데 이 이름들을 나열한 목록을 보면서 한편으론 웃음이 났다. 아이고, 어쩌면 이렇게 전부 남성 화가뿐일까.

이 책이 출간되었던 1982년도의 시대상을 생각하면 이상할 것도 없다는 생각이 든다. 이런 성비가 별 문제가 되지 않을 수 있는 시대였으니까. 그런데 '만약 이 책이 2021년도에 출간이 된다면?'이라고 상상을 한번 해보면 어떨까? 이 책에 2021년도의 옷을 입혀줄 수 있다면 어떤 모습이 될까? 이왕이면 책 수선을 통해 이 책에도 동시대의 모습을 조금이나마 새롭게 담을 수 있을까? (실제 수선 작업은 2020년도에 진행되었다.)

작업이 시작되면서 우선 흔하디흔한 원본의 모습은 모두 지우기로 했다. 책에 실린 그림들이 근현대 미술품인 만큼 화이트큐브의 갤러리나 미술관을 닮은 커버를 만들기로 했다. 화이트큐브는 이제 살짝 구시대적이고 권위적인 개념이라는 점에서도 50명의 남성 작가 목록을 볼 때 느낀 위화감과도 어떤 의미로 잘 맞아떨어졌다.

마침 본문의 첫 페이지에 정사각형의 그림이 있어서 그 부분을 화이트큐브 속에 걸린 액자처럼 활용할 수 있었다. 책 표지는 새하얀 캔버스 겉싸개로 감싸고 인쇄된 그림 부분만 보이도록 구멍을 내어 액자처럼 실제로 유리를 끼웠다. 표지를 넘겼을 때 나오는 면지들 역시 다양한 지류를 겹겹이 사용했는데, 빛에 반사될 정도로 화려한 금색을 메인 컬러로 활용해 최대한 밀도와 공간감을 높여주었다. 표지부터 마지막 면지까지 넘길 때마다 서로 쌓이고 비치면서 나타나는 두께와 밀도들이 작지만 특별한 공간감을 만들어낸다.

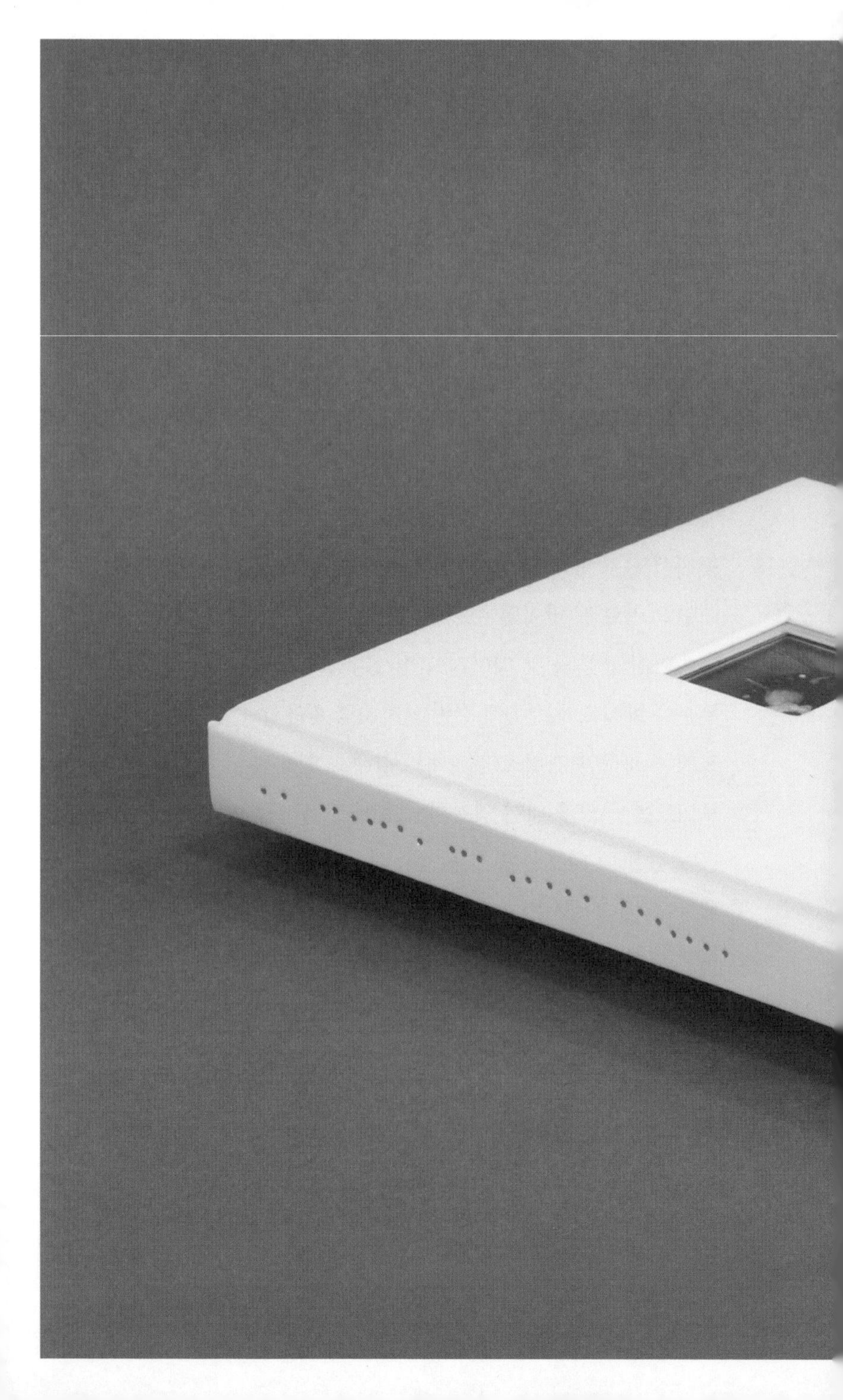

'50명의 남성 작가들'이라는 대단한 위상과 잘 어울리도록 면지뿐만 아니라 헤드밴드와 가름끈 역시 금색으로, 한 개보다는 여러 개로, 조금은 과하게 치장을 해주었다. 책 뒷면에 찢어졌던 페이지들도 재접착 후, 오히려 수선하고 이어 붙인 티가 번쩍번쩍 나도록 금박을 이용해서 장식했다. 마지막으로 원본 표지의 책등에 적혀 있던 책 제목은 그대로 넣는 대신 알파벳의 위치만 가져와 불규칙한 작은 점들로 대신함으로써 오히려 이 책의 내용과 의미는 지우고 축소시켰다.

수선 전후 사진을 얼핏 보기엔 전혀 다른 책이 된 것 같기도 한데, 다른 사람들이 보기엔 어떤 의미로 보일지 궁금하다. 책에 실려 있는 50명의 작가들과 어울리는 근사한 책이 된 것 같아 보일까? 아니면 오히려 그 과도한 모습이 조금은 우스워 보일까? 전시를 통해 이런 경험들을 관객과 함께 공유하고 싶었는데 이렇게 글로만 남기게 되어 아쉬움이 크지만, 언젠간 더 많은 책 수선과 그 너머의 이야기를 할 수 있는 자리가 생길 거라 기대해본다.

찢어지고 더러워지고 망가졌던 부분들을 다시 튼튼하게 만들고 반듯한 표지를 새로 입히는 것에서만 그치는 책 수선이 아니라 그 이상의 가치를 더하고 이야기해보는 것, 책 수선가로서 욕심이 나는 바로 그 부분에 대해 한 번쯤은 이야기를 해보고 싶다. 책 수선은 기본적으로 기술로 이뤄지는 분야라 결과물이 그 안에서만 평가될 때가 많다. 특히나 도서관 내 책 보존 연구실에서 장서들을 대상으로 일을 할 땐 기술력이 더욱 큰 비중을 차지한다. 얼마나 정교하고 좋은 보존 기술을 가지고 있는지가 아주 중요한 능력이니까.

하지만 연구실에서 나와 재영 책수선 작업실을 열고 다양한 추억과 가치와 방향에 놓인 책들을 만나오면서 한 가지 혼자서 다짐한 부분이 있다. 책을 고치는 일이지만 '수선'이라는 단어에만 갇히지 말자는 것. 수선이라는 '기술'에만 갇히거나 책을 다시 튼튼하게 고쳐내는 일에만 그치지 말고, 책 수선을 통해 책과 어울리는 다양한 마음과 의미를 담고 또 이야기해야겠다고, 이 일을 하면 할수록 더욱더 다짐하게 된다.

의뢰인과 책의 소중한 추억을 담아내는 일도, 특별한 감상 없이 다시 튼튼하게 넘겨볼 수 있게만 고치면 되는 일도, 특별한 의미가 없던 책에 새로운 가치를 담아내는 일도 모두 책 수선가의 일이다.

지금 글을 읽고 계신 분들도 앞으로 망가진 책이 생긴다면 마음속에서 책 수선이 한 번쯤 떠오르길, 우리 주변에 또 한 번의 새로운 기회를 가지는 망가진 책과 헌책들이 점점 더 많아지길 바라본다. 그 책에 소중한 추억이 있다면 다시 오랫동안 튼튼하고 아름다울 수 있도록, 특별한 감흥이 없다면 책 수선을 통해 새로운 추억이 시작될 수 있도록, 재영 책수선은 언제나 망가진 책들을 환영하며 기다리고 있을 테니.

책의 진화론

구로기적의도서관 개관 2주년을 축하하는 자리에서 강연을 한 적이 있다. 강연은 여느 때처럼 책 수선가로서의 나의 이야기로 채워졌고, 끝난 후에는 질문을 받는 시간이 있었다.

그동안 인터뷰든, 강연이든, 사적인 자리에서든 책 수선가나 책 수선에 관한 질문들은 대체로 이 일을 어떻게 시작하게 됐는지, 어디서 배울 수 있는지, 가장 기억에 남는 책은 무엇인지, 어떤 책들이 의뢰로 들어오는지 등으로 거의 대부분의 경우 서로 비슷하다. 그렇다 보니 이제 이런 질문들은 거의 자동반사적으로 대답이 바로 나올 정도로 익숙해졌다. 그런데 그날은 유독 눈과 귀에 들어오는 조금 다른 질문이 하나 있었다.

"책은 영원히 수선이 계속 가능한 건가요? 어느 시기까지 책 수선이 가능한지 궁금합니다."

질문을 받은 당시에는 '책이라는 존재를 어떻게 받아들이는지에 따라 책 수선의 한계도 상대적으로 달라질 것 같다'라고 간단하게 대답을 하고 다음 질문으로 넘어갔는데, 언젠가 나도 혼자서 궁금해 하다가 답을 내지는 못한 채 잊어버렸던 질문이라 이 기회를 빌려서 다시 한 번 생각을 정리해봤다.

우선 그 자리에서 말한 것처럼 책 수선의 한계는 책을 무엇으로 인식하냐에 따라 가변적으로 달라질 수 있다고 생각한다. 누군가는 책의 표지가 아예 사라지거나 본문 종이가 해지는 등 아무리 책이 심하게 파손이 되었어도 종이에 쓰인 글자만 읽을 수 있다면 여전히 책이라 생각할 테고, 누군가는 대부분의 글씨가 물에 번져 읽을 수 없는 상태여도 그 책에 담긴 기억이 고스란히 남아 있다면 여전히 책이라고 생각할지도 모른다. 결론부터 이야기하면 두 사람 모두 각자가 원하는 방향으로의 수선이 가능하다.

좋은 책 수선은 우선 그 책을 고치는 수선가의 기량이 가장 중요하다. 하지만 그만큼 책 주인의 마음도 중요하다. 달리 말하면 그 책이 가지고 있는 가능성을 향한 책 주인의 신뢰가 중요하다는 말이다. 망가진 책을 원래대로 완벽하게 고치기란 사실상 어려운 일이라, 복원 작업을 통해 최대한 비슷해 보이게 고친다 하더라도 역시나 수선은 수선이다. 아무리 훌륭한 복원이라도 어떤 방식으로든 크고 작게 고친 흔적이 남기 마련이다.

게다가 감쪽같은 복원이 가능한 여건에 맞춰서 책이 파손되는 일은 그다지 흔하지 않아서 수선을 하다 보면 책의 외형이 달라진다든지, 일부분은 새 재료가 덧붙거나 아예 교체가 되면서 원본의 낡은 부분들과 다소 이질감이 생기는 경우가 훨씬 더 많다.

이런 책 수선의 한계는 책의 파손 정도와 수선가가 안전하게 고치면서도 어색한 느낌을 얼마나 줄이거나 조화롭게 조절하는지에 달려 있긴 하지만, 수선으로 인한 책의 변화를 책 주인이 어떤 시선으로 수용하느냐에 따라서도 많이 달라진다.

한번은 오래되고 얇은 성가책을 수선한 적이 있다. 책의 전체적인 상태는 양호한 편이었지만 제본이 살짝 헐거워지고, 책등에 적힌 제목의 작은 일부가 떨어져나가 사라져 있었다. 우선 제본을 보완했고 그 후에 사라진 글자의 일부분을 다시 제작해 채워 넣음으로써 작업을 마쳤다.

사라진 제목 부분의 면적이 그리 크기 않았기 때문에 수선한 부위에 코가 닿을 정도로 아주 가까이서 자세히 들여다보지 않는 이상 수선한 티는 거의 나지 않았는데, 정말로 책에 코를 갖다 대고 아주 가까이서 자세히 들여다보던 의뢰인의 생각은 조금 달랐던 것 같다.

그분이 책 수선을 통해 원한 건, 혹은 기대를 했던 건 새 책과 같은, 마치 그런 파손이 일어나기 전으로 시간을 되돌린 상태였다는 걸 그분의 얼굴 표정과 말에서 눈치 챌 수 있었다. 참 난감한 순간이었다. 왜냐하면 나는 책 수선가지, 마법사는 아니기 때문이다.

그에 비해, 책의 외형이나 구조가 완전히 달라지게 수선이 되었더라도 그 변화를 오히려 반기는 의뢰인들도 있다. 본인의 취향에 꼭 맞게 표지가 완전히 달라진 걸 좋아하는 사람도 있고, 낱장의 종이들을 엮어 만들어진 새로운 구조를 좋아하는 사람도 있다. 케이스에 가려 정작 책이 보이지 않게 되더라도 새로 생긴 케이스라는 안전장치에 더욱 안심하는 사람들도 있다. 뜯겨져 나가 사라진 표지나 본문의 일부분을 새로운 재료로 채워 수선의 흔적이 남더라도 그 모습이 오히려 수선의 흔적이자 증거처럼 보인다며 좋아하는 사람들도 있다.

나는 책 수선은 책이 진화하는 방법들 중 하나라고 생각한다. 원본의 외형과 아주 똑같지는 않을 수 있지만, 비록 원본에는 없던 다른 구조가 덧붙을 수도 있지만, 파손된 부분을 더 나은 상태로 만들어서 다가올 앞으로의 시간들을 잘 견뎌낼 수 있게, 그 다음을 기약할 수 있게 만드는 일. 그런 의미에서 나는 책은 수선을 통해 진화할 수 있다고 믿는다.

"책은 영원히 수선이 계속 가능한 건가요? 어느 시기까

지 책 수선이 가능한지 궁금합니다."라는 질문으로 돌아가 다시 한 번 대답한다면,

네. 책은 영원히 수선이, 아니, 진화가 가능하다고 생각합니다. 여러분도 책의 진화론을 믿는다면요.

33년간의 사랑 고백

이 글은 사랑하는 이에게 지난 오랜 세월의 사랑을 책 수선으로 다시 한 번 고백한 사람의 이야기다. 좀 더 정확히 말하자면 33년간의 사랑이 담긴 앨범에 관한 이야기다.

오늘의 책

결혼 앨범

개인 앨범, 1988

이 앨범은 의뢰인이 1988년도에 찍은 결혼식 사진들로 가득한 결혼 앨범이다. 결혼을 했던 그 당시에는 형편이 좋지 못해서 작고 습기가 많은 집에 살았는데, 관리를 제대로 하지 못해 앨범이 많이 상하고 말았다. 그때는 먹고 사는 게 바빠서 앨범까지 잘 챙길 여유가 없었다며, 이제라도 수선을 할 수 있다면 꼭 맡기고 싶다는 의뢰인의 문의 메일에는 망가져버린 앨범에 대한 아쉬움이 가득했다. 우연히 어느 기사에서 재영 책수선 인터뷰를 보자마자 이 앨범이 바로 떠올랐다고 말씀하시는 걸 봐서는 30년이 훌쩍 넘는 세월 동안 그분의 마음 한편에는 망가진 결혼 앨범이 내내 안타까움으로 자리하고 있었던 것 같다.

의뢰인은 앨범을 말끔하게 수선해서 다가오는 33주년 결혼기념일에 아내에게 깜짝 선물로 주고 싶다고, 이런 상태의 앨범도 수선이 가능하겠냐고 조심스럽게 물으셨다. 메일을 읽고 나서 그 어느 때보다 서둘러 답장을 보냈던 게 기억이 난다. 이런 다정한 마음을 전하는 일에 함께할 수 있는 기회를 놓칠 수는 없었다. 무리를 해서라도 꼭 맡겠다는 마음으로 답장을 썼다.

의뢰인이 메일로 함께 보내주신 사진들만으로도 앨범의 상태는 상당히 좋지 않은 걸 짐작할 수 있었다. 실제로도 작업에 들어가기 전까지 내내 개별 포장이 되어 다른 의뢰 책들과는 멀찍이 따로 떨어져 보관해야 했을 정도로 상태가 좋지 않았는데, 그건 바로 곰팡이 때문이었다. 표지가 분리되어 너덜너덜 떨어져버린 건 별로 큰 문제가 아닌 것처럼 보일 정도로 곰팡이 문제가 심각했다.

가죽으로 감싸진 표지는 앞뒤 모두 하얗거나 노란 곰팡이 흔적으로 뒤덮여 있었다. 침수를 겪고 오랜 시간 동안 습기를 머금으면서 제대로 마르질 못해 곰팡이가 피어났고 그게 또 빠른 속도로 퍼졌을 걸로 짐작된다. 곰팡이가 표면에만 얕게 남은 정도면 다행이었겠지만, 안타깝게도 계속해서 쌓이고 굳으면서 가죽을 삭게 만들었고 쌓인 곰팡이 그 자체만으로도 가루처럼 떨어지기 시작한 상황이었다.

이 앨범을 만지거나 촬영을 할 때만큼은 라텍스 장갑과 보안 안경, 그리고 특수 필터가 달린 전용 마스크, 일회용 머리캡까지 챙겨 썼고, 이 앨범이 닿았던 곳은 모두 그때그때마다 바로 소독을 했고 촬영에 쓴 배경지들은 사용 후에 모두 소각을 했을 정도였으니 앨범의 상태가 얼마나 안 좋았는지 쉽게 짐작할 수 있을 것이다.

곰팡이는 책이나 종이에 한번 생기면 완전히 제거하기가 참 번거롭고 주변으로 퍼지는 속도도 빨라서 무척 해로운 존재이기 때문에 유난을 떤다 싶을 정도로 신경을 써서 처리

를 해줘야 한다. 그럼에도 불구하고 그 자국이나 흔적을 원본의 손상 없이 완벽히 깨끗하게 없애기란 사실상 거의 불가능하기 때문에 이 앨범은 보자마자 바로 원본의 표지는 과감히 버리고 새로운 표지로 교체하기로 했다.

의뢰인은 애초에 이 앨범을 아내에게 깜짝 선물하고 싶었던 거라 수선을 맡기는 일 자체도 원래는 의뢰인과 나, 우리 둘만의 비밀이어야 했다. 그런데 아뿔싸! 작업실을 방문하러 앨범을 들고 집을 나서는 순간 아내에게 딱 걸려버리셨다고.

낡은 앨범을 꺼내 들고 어딜 가냐며 궁금해하는 아내의 질문에 이실직고를 할 수밖에 없으셨다고 한다. 다행히 자초지종을 알게 된 아내 분께서는 앨범이 수선된다고 하니 너무 좋아하셨다고는 하는데, 의뢰인은 깜짝 선물을 해주고 싶었던 기회를 놓친 게 내심 아쉬우신 듯 보였다. 그 얘기를 들으니 나도 덩달아 아쉬움이 들어 수선 과정에서라도 작게나마 깜짝 선물들을 준비했다.

이 앨범을 수선하는 일은 지난 33년을 함께 해준 배우자에게 다시 한 번 사랑을 고백하는 일과도 같으니, 좋은 날에 아름다운 꽃다발을 받는 일처럼 느껴지면 좋겠다는 생각이 들었다. 그래서 우선 의뢰인에게 아내가 가장 좋아하는 꽃이 무엇인지 물어보았고, 아내에게 전하고 싶은 마음을 글로 적어주시면 그 편지를 앨범 속에 새로운 페이지로 만들어 넣어드리고 싶다고 제안했다. 다음은 얼마 뒤에 전달받은 편지글의 일부분이다.

> 이젠 우리도 앞서거니 뒤서거니 육십 줄에 들어서면서 은빛 머리카락 자꾸만 늘어가는데, 우리 함께 나이 들어갈수록 향기롭게 익어가기로 하세. 아이들에게는 동구 밖 아름드리 느티나무처럼, 뒷동산의 듬직한 바위처럼 든든한 버팀목이 되

어주기로 하세. 부디 이 앨범이 우리가 함께해온 지난날들의 소중한 기억을 일깨워주고 앞으로 남은 모든 날에도 우리 항상 건강하게 웃으며 동행할 수 있기를, 또한 당신 어깨 위로 늘 아름다운 무지개 떠 있기를 바라네.

2021년 봄에 결혼 앨범을 수선, 제작하면서

남편 이○○ 씀

수선 방향을 포함해 디자인과 관련된 모든 디테일을 전적으로 나에게 맡긴다고 하신 덕에 나 역시도 의뢰인의 다정한 마음을 마음껏 담아낼 수 있었다.

우선 곰팡이로 뒤덮인 표지는 완전히 분리해 제거하고 새 표지가 씌워질 구조부터 손을 보기 시작했다. 워낙 표지에 곰팡이가 심각한 상태였던 터라 내부의 각 페이지들도 먼지 제거와 함께 혹시 모를 곰팡이 예방 작업을 함께 진행했다. 가로세로가 각각 최소 35센티미터는 되는 상당히 크고 무거운 앨범이었음에도 불구하고 원래의 표지는 유연성이 적어 잘 펼치기 힘든 이중-겹구조로 제작되어 있었다. 그러다 보니 표지에 가해지는 무게와 힘이 더해져 지금과 같은 큰 파손으로 이어질 수밖에 없는 상황이었다. 두 겹으로 덧대어져 있던 원래 표지를 보다 가볍고 펼침이 좋은 한 장의 표지로 바꾸고, 대신 앨범 자체를 보다 안전하게 보관할 수 있도록 케이스를 추가 제작하기로 했다.

새 표지와 케이스는 아내 분이 가장 좋아하신다는 안개꽃을 모티프로 전체적인 콘셉트를 잡았고, 새로 쓰일 가죽은 흰 안개꽃과 차분하게 잘 어울릴 밝고 연한 갈색으로 골랐다. 케이스에서 앨범을 꺼냈을 때 마치 한 다발의 안개꽃을 선물받는 것 같은 기분을 상상하며 표지 위에는 백박과 금박으로 한 송이씩 안개꽃을 수놓았다.

작업에 들어가기 전에 의뢰인에게 완전히 새로운 모습으로 바꿀 거라고 미리 말씀을 드린 상태이긴 했지만, 그래도 당시 결혼 앨범의 느낌과 구성이 완전히 달라진다면 그 시절 두 분의 추억 한 조각이 같이 사라지는 것 같아 아쉬우실지도 모르겠다는 생각이 들어 원본 표지에서 사진이 들어 있는 타원형 액자는 그대로 새 케이스로 옮겨 그 느낌을 보존했다.

이 앨범의 제일 뒷장에는 1988년 당시 이 앨범을 만든 'Mobile(모빌)'이라는 사진 스튜디오 이름이 적힌 스티커가 아직 그대로 남아 있었다. 그 시절의 흔적인 만큼 그대로 떼어다가 새로 고친 앨범으로 옮겨 붙여주었는데, 그 과정에서 평소라

면 잘 하지 않는 일을 하나 더 추가로 했다. 바로 그 스티커 옆에 내 작업실의 로고도 함께 남겨두는 일이었다.

사실 나는 책 수선을 할 때 의뢰인이 먼저 요청하지 않는 이상 재영 책수선 로고를 작업하는 책에 남기지 않는다. 그런데 이 앨범에는 1988년도 스튜디오 모빌의 로고 옆에 2021년의 재영 책수선 로고를 함께 놓음으로써 의미를 더 확장하고 싶었다. 언젠간 이 두 곳의 로고 옆에 또 다른 수선가의 이름이 더해지는 날도 상상하면서.

앨범을 찾으러 오신 의뢰인은 문을 열고 들어오는 순간

부터 얼굴에 연신 웃음이 피어나 있었다. 심지어 아직 완성된 앨범을 보여드리기 전이었는데도. 앨범의 변한 모습을 구석구석 보여드리고 설명하는 와중에도 이걸 아내한테 선물로 줄 생각을 하니 기분이 너무 좋다며, 집에 가면 이제 아내한테 칭찬받을 일만 남았다고 한껏 들뜬 의뢰인을 보니 어느 순간 나도 똑같이 웃고 있었다. 사랑하는 사람에게 줄 소중한 선물을 준비하면서 느끼는 그 설렘과 기대감이 나에게까지 고스란히 와닿았다.

포장을 마친 앨범을 종이가방에 넣어드리면서 리본으로 묶은 안개꽃 한 줄기를 슬쩍 함께 넣어놓았다. 모쪼록 두 분 모두에게 작은 깜짝 선물이 되었기를, 오래오래 함께 건강하고 행복하시기를.

오래된 책을 위한 자장가

어릴 때 만화를 참 좋아했다. 나와 비슷한 세대라면 매주 일요일 아침 8시에 일어나 TV를 켰던 이유를 기억하고 있을 거고, '난 슬플 때 힙합을 춰'라는 희대의 명대사도 잘 알고 있을 것이다. 어릴 때도 그렇고 커서도 그렇고 만화책은 늘 가까이에 있었다. 동네 만화책방에서 빌려 보기도 하고, 사 모으기도 하면서 말이다.

그러다가 언제부턴가 점차 관심이 멀어지게 되었는데 이따금씩 우연히 친구 집에서, 도서관에서 어릴 때 좋아했던 만화책을 보면 마치 그 시절로 돌아간 것처럼 반가움에 손부터 먼저 뻗게 되고 주인공들의 이름이 줄줄이 기억나면서 아는 내용인데도 마지막까지 다 읽기 전에는 손에서 놓을 수가 없다. 아마도 다들 많이 좋아했던 자기만의 그 시절 그 만화책이 각자 한 권쯤은 있을 텐데, 나에겐 한승원 작가의 《빅토리 비키》와 천계영 작가의 《언플러그드 보이》가 그렇다.

오늘의 책

김수정 만화 전집

김수정 글 · 그림, 점프코믹스/서울문화사, 1990년대

의뢰로 들어온 이 만화책들도 의뢰인의 '그 시절 그 만화책'이었던 것 같다. 따로 구구절절 설명을 듣지 않아도, 한껏 상기된 얼굴로 스스로 김수정 작가의 열성팬이라고 소개한 그 한 마디만으로도 이 만화책들을 향한 의뢰인의 애착이 얼마나 큰지 느낄 수 있었다.

이 만화책들은 1990년대에 점프코믹스와 서울문화사에서 출간되었던 〈김수정 만화 전집〉으로, 지금은 절판되어 중고로도 구하기가 어려운 희귀서적이다. 특히나 이렇게 전집으로 구성된 오래된 만화책들을 온전한 세트로 구하기란 하늘의 별따기라, 상당히 오랜 기간 동안 낱권씩 찾아 헤매며

인내심을 가지고 수집하셨다고 한다.

한 권 한 권이 전국 각지로 흩어져 각기 다른 책방과 주인에게 보관되었다 보니 책의 상태 역시 제각각이었다. 특히 배면의 오염과 변색이 심한 상태여서 의뢰인은 책이 전체적으로 최대한 깨끗하게 정리가 되길 원했다. 보통 배면 수선을 할 때는 기계로 잘라내는 경우가 있고 수작업으로 하나하나 자르거나 세밀하게 단계별로 사포질을 해서 다듬는 경우가 있다. (필요에 따라 약품 처리를 할 때도 있다.) 종이의 상태에 따라 가능하거나 불가능한 방법이 따로 있고, 또 그에 따라 결과물의 질이나 시간과 비용 등등의 장단점이 있다 보니 배면 수선은 원한다고 해서 무조건 할 수 있는 작업은 아니다.

이 전집은 이제는 다시 구하기 힘든 만화책들인 만큼 원본의 크기에 변형이 발생하지 않도록 배면 수선은 모두 수작업으로 진행했다. 물론 산화되어 변색된 정도도 제각각 다른데다가 어떤 책은 심지어 침수의 흔적까지 남아 형태가 일그러져 있기도 했고, 또 기름이나 음식물 등등의 오염물이 묻은 정도가 서로 달랐기 때문에 수선을 한다고 해서 이 스무 권의 책들이 모두 동일한 정도로 깨끗한 상태가 되는 건 마법을 부리지 않는 이상 불가능한 일이다.

그래도 책 수선가에게 맡긴다면 적어도 보다 나은 상태

로 만들 수는 있다. 비비디-바비디-부 주문 대신 한 권마다 최소 500번 이상의 사포질을 세심하게 하고 약품처리까지 마치고 나면, 20년이 훌쩍 지난 책의 얼룩덜룩 지저분한 배면도 보다 매끄럽고 깨끗해질 수 있다. 이 전집의 경우엔 아주 깊숙한 곳까지 스며든 오염이 있어서 그 흔적은 여전히 일부 남아 있지만, 수선 전후의 전체적인 인상을 보면 한결 정돈이 된 걸 확인할 수 있다. (책은 배면을 청소하고 정리해주는 것만으로도 훨씬 깨끗해진 느낌이 들기 때문에 배면 클리닝은 가장 많이 들어오는 의뢰 중 하나다.)

의뢰인이 처음에 의뢰한 것은 책을 가능한 한 깨끗하게 만드는 일이었다. 그런데 작업을 마치고 책을 찾아가려고 오신 날, 그 자리에서 바로 또 다른 의뢰를 받았다. 다름이 아니라 이 스무 권의 책들을 한꺼번에 안전하게 보관할 수 있는 케이스 제작에 대한 요청이었다.

처음에 의뢰인이 상상한 케이스의 분위기는 만화책 속에 나오는 둘리 같은 캐릭터들이 케이스 겉면에 인쇄되어 있는 스타일이었다. 하지만 안타깝게도 캐릭터를 그대로 사용하는 것은 저작권 문제가 발생하기 때문에 아쉬움을 뒤로하고 차선책으로 다른 콘셉트를 구상하기 시작했다.

의뢰인은 케이스의 컬러와 대략적인 형태만 선택하고, 그 외 세부 디자인은 내가 맡았다. 케이스를 감싸는 겉싸개는 비교적 굵은 짜임의 차분한 회색이라 별도의 추가적인 디자인 요소를 가미하지 않아도 그 자체만으로도 깔끔하게 완성될 수 있는 그런 색깔과 재질이었다.

그런데 곰곰이 보고 있자니 만화책을 위한 케이스인 만큼 그것만으로 마무리로 짓기에는 다소 밋밋하다는 아쉬움이 들었다. 의뢰인이 이 책들을 들고 작업실을 방문한 날에 책 설명을 하면서 신나하시던 표정, 오랜 세월 동안 한 권씩 모아온 정성, 이제는 구하기도 힘들다는 희소성까지.

만약 이 오래된 만화책에도 사람과 같은 마음이 있다면 그 책들은 어떤 케이스 안에서 쉬고 싶을까? 이런 의뢰인과 책의 마음을 케이스에 더 담아볼 수 있지 않을까? 이런저런 고민들을 하면서 의뢰인에게 한 가지 제안을 드렸다. 어릴 때 만화를 보며 느꼈던 그 반짝임과 설렘을 담은 케이스로 만들어보자고.

어릴 때 가족 모두가 잠들고 나면 조용히 혼자 불을 켜고 늦게까지 몰래 만화책을 보던 깜깜한 밤의 풍경, 좋아하는 만화책을 보다가 잠들면 꿈속에서 내가 그 만화책 속의 주인공이 되어 또 한 권의 만화가 만들어지던 그때의 두근거리는

즐거움과 반짝이던 설렘을 케이스에 조금이나마 담고 싶었다. 이 만화책들도 앞으로 새로운 케이스 안에서 쉬면서 그런 꿈들을 꿀 수 있도록 말이다.

어쩌면 아기공룡 둘리도 엄마를 찾아 수없이 올려다보았을 그때의 밤하늘을 상상하며, 만화책에 자주 등장하는 요소의 문양들을 이용해서 케이스의 배경을 꾸며주었다. 반짝이는 별 하나, 흘러나오는 한숨 한 조각, 넘실넘실 콧노래 한 박자, 놀라운 마음 한 개씩을 케이스 안쪽 곳곳에 반짝이는 은박으로 찍어가며 밤하늘의 풍경을 그려 나가기 시작했다.

케이스의 구조 자체는 최대한 깔끔하고 단순하게 진행했다. 스무 권이나 들어가야 하다 보니 가로로 긴 형태라서 중간이 휘거나 내려앉지 않도록 각 시리즈별로 나눠 사이마다 칸막이를 만들어 내구성을 높였다. 의뢰인은 책 크기에 아주 딱 맞는 케이스를 원하셔서 전체적인 핏은 책의 높이에 맞추었는데 그렇다고 책을 빼고 넣는 게 불편해서는 안 되니, 칸막이의 길이를 외부의 케이스 길이보다 짧게 만들어 손가락이 들어갈 수 있는 여유 공간을 따로 확보했다.

그렇게 완성된 케이스는 책이 모두 꽂힌 상태에서는 책등의 제목 부분만 드러나 전체적으론 깔끔한 모습이 된다. 하지만 책을 한 권씩, 혹은 한 시리즈씩 꺼내고 나면 케이스 안쪽에 은박으로 찍어놓은 별과 음표들이 드러나면서 어둠 속에서 잔잔하게 반짝인다. 전체적으로 단정한 느낌을 원하신 의뢰인의 취향에 맞게, 드러나는 화려함보다는 숨겨진 반짝임을 그리며 작업했는데, 그저 회색 겉싸개로만 진행했다면 어딘가 아쉬웠을 마음을 충분히 채워주었다.

어렵게 모은 만큼 보관까지도 귀하고 정성 들여 하고 싶은 마음. 그 마음은 무언가를 수집해본 사람이라면 누구나 공감하지 않을까? 의뢰인이 완성된 작업을 찾으러 오신 날 케이스에 꽂혀 있는 책들을 보고 웃으며 행복하다고 하신 말씀과 표정이 아직도 생생하게 기억이 난다. 사실 그때는 어쩐지 좀 쑥스러워서 그런 감사한 말을 듣고도 드리지 못한 말이 있었는데, 늦게나마 여기에 글로 대신 남긴다.

한동안 잊고 있었던 그 설레고 반짝이는 밤하늘을 오랜만에 다시 떠올려볼 수 있어서, 또 그걸 만들어볼 수 있어서 덕분에 저도 함께 행복했습니다.

어떤 사랑의 기억

1999년에서 2000년으로 넘어가던 겨울이었던가, 내가 아직 중학생이었을 때 사촌언니가 요즘 가장 인기 있는 책이라면서 〈해리 포터 시리즈〉를 선물로 준 적이 있다. 그 당시의 나는 만화책을 제외하면 그 어떤 책에도 관심이 없었던 때라 세계적인 베스트셀러라는 이 시리즈 역시 앞부분만 몇 장 넘겨보다 말았다.

그래도 '이건 수채화로 그린 걸까, 색연필로 그린 걸까' 궁금해하며 이마에 번개 표시가 있는 주인공과 풍성한 배경들, 올록볼록한 박으로 새겨진 제목이 들어가 있는 표지만큼은 종종 꺼내 손으로 쓰다듬으며 구석구석 자세히 들여다보곤 했다. 당시 한국의 어린이·청소년 소설책 표지 스타일과는 사뭇 다른, 어딘가 어둡고 신비스러우면서도 이국적인 분위기의 그림 표지에 마음이 끌렸던 것 같다.

사실 그 이후로도 나는 끝끝내 〈해리 포터 시리즈〉를 책으로는 읽지 않아서 줄거리를 영화로 먼저 알게 되었지만, 그럼에도 불구하고 '해리 포터'라고 했을 때 내게 가장 먼저 떠오르는 이미지는 열세 살의 대니얼 래드클리프의 얼굴이 아니라 그때의 책 표지들이다. 그래서 그런지, 전혀 읽지는 않고 내내 표지만 쓰다듬으며 들여다봤던 이 표지들을 22년 후에 의뢰로 다시 만났을 땐 묘한 반가움이 앞섰다.

오늘의 책

해리 포터 시리즈

조앤 K. 롤링 지음, 스콜라스틱, 1997~2007

사실 의뢰인이 들고 오신 이 〈해리 포터 시리즈〉는 내가 가지고 있는 한글 번역본은 아니었고 미국 영문판이었다. 한글 번역본은 첫 출판 당시 이 미국판 표지를 따라 제작했었기 때문에 의뢰를 받은 책들도 비록 판형은 달라도 표지 그림들은 내게도 아주 익숙한 모습이었다. 선물로 받고선 한 번도 제대로 펼쳐본 적이 없어 22년이 지난 지금도 마치 새 책 같은 나의 〈해리 포터 시리즈〉와는 달리, 단 한 권도 멀쩡한 상태로 남아 있지 않고 망가질 대로 망가진 의뢰인의 책들은 무척 인상적이었다.

갱지에 인쇄되어 나오는 미국식 페이퍼백이 원래 내구성이 많이 약한 건 사실이지만 그걸 감안하더라도 파손 정도가 심해 보이는 이 책들은 의뢰인이 아니라 의뢰인의 아이가 읽던 책이었다. 아이가 〈해리 포터 시리즈〉를 너무나 좋아해서 읽고 또 읽고, 몇 번이고 또 읽었다고 한다. 지금도 (그때만큼은 아니긴 하지만) 여전히 좋아한다고 한다.

의뢰인은 돌아오는 아이의 생일에 맞춰 이 책을 깨끗하게 수선해서 선물로 주고 싶다며 의뢰를 맡기셨는데, 처음에 의뢰인의 책일 거라 지레짐작하고 그저 '책을 아주 편하게 보시는 분이구나'라고 담담하게 생각했던 나는 이게 아이의 책이라는 걸 알게 된 순간 철썩철썩 감동의 파도를 맞는 기분이었다.

아이가 어릴 때 세상에서 가장 좋아하던 책을 깨끗하게 수선해서 다시 선물로 주고 싶은 부모님의 마음에 울컥, 또 설령 지금 당장은 아니더라도 언젠가 나이가 들어 이 책을 볼 때 한 번쯤은 다시 부모님의 다정함을 새삼 느낄지도 모를 아이를 생각하며 괜히 나 혼자 또 한 번 울컥했다.

수선은 이 책들의 주인이 좋아했던 원래의 모습 그대로, 최대한 원본의 모습을 유지하며 망가진 곳들만 부분적으로 고치는 방향으로 결정했다. 찢어진 페이지, 그걸 붙여놓은 테이프, 쪼개지듯 여러 군데 갈라진 제본, 아예 뜯겨져 사라진 표지의 일부분, 하도 접힌 탓에 잉크가 날아가버린 표지의 그림들, 종이 곳곳에 묻어 있는 이런저런 오염물질들까지. 손을 봐야 하는 곳들이 한두 군데가 아니었다. 게다가 총 일곱 권이었기 때문에 한 권 한 권 전부 손을 보려면 꽤 오랜 시간이 걸릴 게 분명해 보였다. (나중에 계산해보니 대략 두 달이 훌쩍 넘는 시간이 걸렸다.)

수선은 일곱 권의 책을 한 장 한 장 넘겨보며 파손된 곳들을 찾아 그 유형에 따라 (찢어진 곳, 뜯긴 곳, 망가진 제본 등등) 구분해서 표시를 해두는 것부터 시작했다. 그렇게 점검을 마치고 나면 파손의 유형에 따라 순서를 정해 1권부터 7권까지 일괄적으로 작업에 들어간다.

보통은 테이프를 제거하는 일부터 시작하는 편이다. 표지와 내지에 잔뜩 붙어 있는 테이프들을 종이 표면의 펄프나

Harry Potter
HARRY POTTER
AND THE PRISONER OF AZKABAN
HARRY POTTER
AND THE GOBLET OF FIRE
HARRY POTTER
AND THE HALF-BLOOD PRINCE
HARRY POTTER
AND THE DEATHLY HALLOWS

HARRY POTTER
AND THE CHAMBER OF SECRETS
HARRY POTTER
AND THE PRISONER OF AZKABAN
HARRY POTTER
AND THE GOBLET OF FIRE
HARRY POTTER
AND THE ORDER OF THE PHOENIX
HARRY POTTER
AND THE HALF-BLOOD PRINCE
HARRY POTTER
AND THE DEATHLY HALLOWS

글자가 같이 떨어지지 않도록 조심조심 떼어내고, 테이프를 떼어낸 탓에 다시 조각난 부분들은 섬세히 이를 맞춰 이어나간다. 군데군데 묻어 있는 하얀 물감과 과자 부스러기들도 말끔히 청소해준다. 세월을 되돌리는 느낌으로 배면까지 깨끗하게 클리닝을 해주고 나면 일단 구조와 형태는 다시 튼튼, 깔끔해지기 때문에 기본적인 수선은 여기서 마무리가 된다.

보통은 여기까지만 수선이 되어도 내구성에는 큰 문제가 없다. 하지만 이대로 끝내기엔 언제나 조금 아쉬움이 든다. 그래서 좀 더 완성도 높은 수선을 위해 표지 그림의 복원 작업을 추가로 진행하기로 했다.

다들 종이를 세게 접고 난 뒤 표면에 남은 하얀 줄을 본 적이 있을 것이다. 단일 색상이나 이미지가 인쇄된 종이를 앞뒤로 접다 보면 펄프 층이 갈라지면서 인쇄된 잉크는 떨어져나가고 그 밑에 깔린 펄프(종이의 원재료)가 드러나서 생기는 파손이다.

이 〈해리 포터 시리즈〉의 표지엔 그런 부분이 너무나도 많았다. 심지어 이리저리 결대로 찢기다가 떨어져나간 탓에 아예 사라져 없어진 부분도 있었다. 아무리 내부 구조를 튼튼하게 수선했다고 해도 표지의 이런 부분들을 보완해주지 않

Harry Potter
AND THE
SORCERER'S STONE
J. K. ROWLING
SCHOLASTIC
HARRY POTTER
AND THE SORCERER'S STONE

Harry Potter
AND THE
SORCERER'S STONE
J. K. ROWLING
SCHOLASTIC
HARRY POTTER
AND THE SORCERER'S STONE

으면 겉으로 보기엔 여전히 많이 망가진 상태라는 느낌이 들 수밖에 없다. 자기가 가장 좋아했던 책이 최대한 말끔한 모습으로 돌아오는 걸 보는 경험, 그 설레는 마음을 위해 표지 속 그림 복원 작업을 시작했다.

책 속에 인쇄된 그림을 복원할 땐 원본에 사용된 안료와 질감, 그리고 밑바탕으로 쓰인 종이 재질에 맞춰 펜, 연필, 색연필, 아크릴 물감, 수채화, 그 외 각종 잉크들을 적절히 선택한다. 보통 책 복원 작업에서는 균일하고 동일한 색 표현과 변색을 최소화하고자 아크릴 물감을 많이 쓰곤 한다. 하지만 이 〈해리 포터 시리즈〉의 표지들은 두꺼운 종이 두께에 비해 내구성은 약한 재질이라서 아무리 물감을 얇게 칠한다 하더라도 완전히 마르고 나면 펄프 사이사이에서 딱딱하게 굳는 아크릴 물감보다는 좀 더 얇고 유연한 수채 안료가 더 적합하다.

어떤 재료를 쓸지 정하고 나면 그때부터 복원의 질은 온전히 수선가의 기량이다. 복원에 관해서는 2012년에 스페인의 어느 성당에 걸려 있던 〈이 사람을 보라(Ecce Homo)〉 그림 복원 일화가 잘 알려져 있다.

예수가 그려진 그림의 일부가 오랜 세월 동안 습기에 지워지고 떨어져나가 파손이 되었는데, 어느 아마추어 화가가 몰래(!) 복원을 했다가 원본의 모습을 살리기는커녕 더욱 우스꽝스러운 모습으로 훼손해 전 세계적으로 비난을 샀던 일이다. 이 일화는 아마도 부족한 복원 실력이 불러온 처참한 결과를 설명할 수 있는 가장 적절한 예시일 것이다. (후일담으로, 처음엔 이 잘못된 복원이 인터넷에 공개되면서 복원한 화가를 향해 맹비난이 쏟아졌다. 그런데 오히려 그 절망적인 복원 실력 덕분에 불황에 시달렸던 그 지역이 유명한 관광명소가 되어 지역 경제 발전에 큰 도움이 되었다고 한다. 그때부터 나는 복원의 질과는 별개로 이 일화를 무척 좋아한다.)

그림 복원 작업만큼 결과가 수선가의 미적 감각에 좌지우지되는 일이 있을까? 수선가, 혹은 복원가의 실력에 따라 그림은 복원이 될 수도 있고 오히려 더 크게 훼손될 수도 있기 때문에 복원 작업은 그 시작부터가 매우 조심스럽다. 게다가 수채 물감은 아크릴 물감보다 마르기 전과 후의 색깔 변화가 크고, 물감을 칠할 종이의 질감이나 두께에 따라 잉크만 섞어 놨을 때 눈으로 보이는 색깔과 정작 종이 위에 칠했을 때 달라지는 색의 범위가 크기 때문에 원본 위에 칠하기 전에 시간을 들여 색상 테스트를 충분히 해보는 게 중요하다.

이 표지들의 경우 완전히 떨어져 나간 몇 군데와 표지가 접히면서 심하게 금이 간 부분들 위주로 복원 작업을 진행했다. 아이가 책을 열심히 봤던 세월의 흔적은 적당히 남기면서도 그렇다고 너무 험하게 파손된 느낌은 지우는, 가능한 한 자연스러운 모습으로. 시간이 많이 들긴 했지만 수선된 책을 보고 있으면 그럴 만한 가치가 있었던 것 같아 지금도 뿌듯하다.

이 〈해리 포터 시리즈〉에 담긴 아빠의 다정함은 책 주인에게 잘 전해졌을까? 어린이에서 어른이 되는 시간 동안 그 다정함은 또 어떤 책들로 이어지게 될까?

앞으로의 책생에 함께하는 방법

도서관에서 책 수선가로 일할 때는 한 권의 책 수선을 끝마칠 때마다 뒤표지 안쪽에다 작은 글씨로 작업을 끝낸 연도와 날짜, 그리고 그 책을 담당한 수선가의 이름을 적어둬야 하는 규칙이 있었다. 여러 수선가들이 함께 일하는 곳이라 각자에게 배정된 책은 처음부터 끝까지 한 사람이 책임지고 수선을 하기 때문에, 그렇게 날짜와 이름을 남겨두면 나중에 혹시나 수선 후 책에 문제가 생겼을 때 쉽게 담당 수선가를 찾아 책임을 물을 수 있다. 또 그 책이 언젠가 다시 망가져 수선이 필요할 때 마지막으로 고쳐진 게 언제였는지 확인하면 그에 맞춰 더 적절한 작업 방향을 잡을 수 있기 때문에 꽤 합리적인 규칙이었다.

날짜와 이름을 남기는 일은 사실상 책임 소재를 따지기 위한 이유가 가장 크기는 해서, 이렇게 말로만 들으면 형식적이고 딱딱한 일처럼 느껴질지도 모르겠다. 하지만 실제로 그렇게 이름을 남기면서 내가 느꼈던 기분은 오히려 두근거리는 설렘에 가까웠다.

수선을 무사히 끝내고서 책에다 사인을 할 때의 후련함, 예전에 그 책을 담당했던 다른 수선가의 이름 뒤에 내 이름을 적어놓을 때의 묘한 감동, 도서관에서 책을 구경하다 언젠가 봤던 표지 같은 기시감에 뒤표지를 펼쳐보았는데 내 이름이 적혀 있는 걸 발견했을 때의 신기함, 희귀서적만 모아두는 층에 전시되어 있는 책 캡션에 담당 수선가로 내 이름이 적혀 있을 때의 뿌듯함 등등. 수선을 하다가 실수를 한 경험보다는 이런 좋은 기억들이 더 많았기 때문일까? 같이 일하던 다른 동료들은 어땠을지 모르겠지만 적어도 나는 그렇게 책에다 내 이름을 남기던 그 순간들을 좋은 감정으로 기억하고 있다.

그런데 한국에 돌아와 작업실을 열고 개인 의뢰를 받기 시작한 후로는 그렇게 책에다 내 이름을 남기는 일은 사라졌다. 내게 의뢰로 오는 책들은 말 그대로 개인이 소장한 책이기 때문에 아무리 내가 그 책을 수선하고 작업한 사람이라 하더라도 주인이 있는 책에 타인의 표식을 남기는 건 적절치 않다고 생각했다. (이 생각은 지금도 유효하다.) 그런데 사람 마음이란 참 아리송하게도 그렇게 하는 게 옳다고 생각하면서도 동시에 가끔은 아쉬운 마음이 조금, 아주 조금 든다.

내가 그 책을 작업했다는 건 사진과 의뢰서를 통해 충분히 기록으로 남긴 하지만 그거야말로 형식상 남는 흔적일 뿐, 문장 마지막에 온점을 찍는 마음으로 뒤표지에 내 이름을 기록해두는, 도서관에서 일을 할 때와 같은 기분을 느낄 기회가 더 이상은 없다는 게 내심 아쉬웠다.

그러던 어느 날 이 여행 일지가 작업실을 찾아왔고, 나에겐 생각지 못한 기회가 생겼다. 의뢰인과 친구 사이의 깊은 우정과 정성만으로도 인상적인 책이지만, 사실 그에 못지않게 다른 이유로도 마음에 남아 있다. 왜냐하면 의뢰인이 먼저 책 수선가의 흔적을 책에다가, 그것도 표지에 자랑하듯 남겨 달라고 요청하는 경우는 처음 있는 일이었기 때문이다.

오늘의 책

여행 일지

개인 소장품, 2005

2005년 8월, 전남으로 여행을 떠난 두 명의 친구, 그리고 그 여행의 모든 발자취가 우정 어린 문장들로, 귀여운 그림들로, 생생한 사진들로 꽉 채워져 있는 한 권의 노트. 의뢰인은 이 노트를 앞으로 보다 튼튼하게 간직할 수 있는 모습으로 바꾸고자 의뢰를 맡기셨다. 노트는 우리가 동네 문구점에서 흔히 볼 수 있는 제품이었는데, 의뢰인은 표지를 완전히 바꾸고 싶어 하셨다.

노트 안에는 모든 페이지마다 사진과 그림이 붙어 있었기 때문에 원래 공장에서 제작되어 나왔을 때보다 책등의 두께가 최소 두 배는 더 두꺼워져 있었다. 그렇게 무리가 간 책등은 곧 터져버릴 것만 같은 상황이었다. 앞으로 오랫동안 튼튼하게 넘겨볼 수 있도록 수선하는 일이 의뢰를 맡긴 가장 큰 이유였던 만큼 떡제본을 실제본으로 바꾸고, 실과 추가적인 종이 두께를 이용해 책등과 배면의 두께를 균일하게 맞춰주는 게 이상적인 수선 방향이었다. 표지 역시 튼튼한 하드커버

Remember
Drawing

로 교체하면서, 평범한 문방구표 노트는 튼튼한 양장본으로 새롭게 탈바꿈하게 되었다.

무선제본(떡제본)을 실제본으로 바꾸는 일은 보통 책의 페이지 수에 비례해 작업 시간이 결정된다. 책등의 접착제를 모두 제거한 뒤 낱장으로 분리된 페이지들을 실제본에 적합한 순서로 짝을 맞춰 배열한 다음, 맞춰놓은 그 짝이 한 장의 종이가 되도록 서로 이어주고, 그렇게 이어진 페이지들을 다시 여러 개의 묶음으로 나누어 정리한다. 그런 뒤 그 묶음들을 실로 엮어주면 180도 쫙쫙 눌러 펼쳐보아도 망가지지 않는 튼튼한 실제본이 된다.

서너 문장만으로도 설명이 가능한, 이 간단해 보이는 작업은 한 장 한 장 풀칠과 완전히 건조되기까지의 기다림, 다림질, 압을 줘서 눌러놓는 시간, 세심한 재단, 그리고 실로 엮기 등등의 과정들을 거쳐야 해서 실제로는 많은 시간과 품이 들어간다.

표지의 경우 완전히 새롭게 교체하기로 한 만큼 새 디자인을 정해야 했는데, 의뢰인은 최대한 깔끔하고 단순한 모습을 원하셔서 겉싸개의 색깔 자체만으로 포인트를 주기로 했다. 여러 겉싸개 샘플들을 펼쳐놓고 의뢰인과 함께 '이게 좋

을까, 저게 좋을까' 즐거운 고민을 한 끝에 두 분의 여행이 녹차 밭으로 떠난 한여름의 우정이었던 만큼 짙은 청록으로 우거진 여름 숲의 풍경과 녹차 밭의 푸르름을 닮은 색으로 결정했다. 그렇게 이 여행 일지는 8월의 풍경을 가진 책이 되었다.

새 표지로 사용할 겉싸개의 색을 정하고 난 뒤, 혹시 표지에 금박이나 은박 등등 후가공으로 표지를 더 꾸미고 싶은 부분은 없는지 확인했다. 대부분 표지에는 아무것도 넣지 않거나 넣더라도 책의 제목, 의뢰인의 성함, 좋아하는 문양 등등을 원하는 경우가 많다. 그런데 의뢰인은 여행 일지의 제목도, 친구와 본인의 이름도, 심지어 여행을 떠났던 날짜도 아닌 재영 책수선 로고를 꼭 넣어달라고 요청하셨다.

그 대답을 들었을 때 순간 잊고 있었던 기억들이 되살아나 그만 마음 한편이 울컥 흔들렸다. 도서관에서 일을 할 때 수선을 마친 책에 이름과 날짜를 남기며 느꼈던 뿌듯함에 더해, 수선가의 흔적을 책에 남김으로써 수선이 되고 난 뒤 또 다시 오랜 세월을 살아갈 그 책생에 나도 함께 손을 잡고 걸어가는 느낌이랄까. 그 책이 간직할 기억에 책 수선이라는 과정도 작지만 함께 기록된다는 만족감을 얻을 수 있을 것 같았다. 벅차 오른 감정에 의뢰인에게 로고를 넣어달라고 말씀해 주셔서 감사하다는 말을 전했다.

지금 다시 돌이켜보면 아마도 이런 나의 속사정은 잘 모르셨을 의뢰인은 순간 뭉클해진 마음에 말을 제대로 잇지 못하고 감사하다고 말하던 내 모습에 조금 당황하셨을지도 모르겠다. 이후부터 인터뷰나 강연에서 이 작업을 예로 들며 로고를 넣어달라는 요청이 왜 나에게 그렇게나 의미 있고 중요한 순간이었는지를 자주 말하곤 했다. 그래서인지 그 이후로 본인의 책에도 로고를 넣어달라는 의뢰가 (심지어 그렇게 로고를 박으로 넣는 건 추가 비용이 드는 일인데도!) 눈에 띄게 늘어났다.

2005년 여행의 추억들이 담긴 이 여행 일지는 2020년 가을날 새로운 모습으로 의뢰인에게 돌아갔다. 여행을 떠났던 이후로 15년이라는 세월이 지나긴 했지만, 튼튼하고 싱그러워진 이 책이 두 분의 우정을 다시 한 번 그때의 여름으로 보내주었기를, 그런 책 수선이 되었기를 바란다.

참, 의뢰인은 수선을 맡기면서 농담 반, 진담 반으로 책이 예쁘게 수선되면 친구한테 주지 않고 본인이 가지겠다고 하셨는데 과연 이 여행 일지는 지금 누구의 책장에 있을까?

'재영 책수선'에서 수선을 기다리는 책들

2021년은 유독 바쁜 한 해를 보냈다. 원고를 쓰느라 바빴던 것도 있었지만 책 수선 의뢰가 다른 때보다 유독 많기도 했다. 원고를 준비하면서 그동안 한 작업들을 쭉 살펴봤는데 한국에서 작업실을 처음 연 2018년부터 지금까지 149권의 책을 포함한 지류 수선 작업을 진행했더라. 이 책의 원고를 쓰는 동안은 사실 그것만으로도 긴장이 되고 진땀이 흘렀던 탓에 마지막 글을 쓸 때쯤 되어서는 솔직히 끝나간다는 기쁨이 앞서긴 했지만, 그동안 내 작업실을 거쳐간 모든 책들을 생각하면 여기에 실린 스무여 권의 작업들 외에도 미처 다 소개하지 못한 소중한 이야기들이 많아서 아쉽기도 하다.

책 수선은 짧은 시간 안에 빨리 끝나는 경우가 거의 없다. 언제나 내가 수선을 진행하고 완성하는 속도보다는 의뢰 문의가 오는 속도가 더 빠르다. 그렇다 보니 작업실은 자연스레 예약제로 운영을 하게 되었고, 예약이 많아지면서 아주 간단한 작업이 아닌 이상 예약은 지금 하더라도 실제로 작업에 들어가는 시기는 몇 달 후가 되는 경우가 대부분이다. 그래도 사전 미팅은 보통 그보다 빨리 이루어지기 때문에 의뢰인들이 들고 온 책들은 상담을 마친 후 작업실 한편의 북트럭에 차곡차곡 꽂혀 제 작업 순서를 기다리게 된다.

지금은 세월에 지치고 망가진 25여 권의 책들이 북트럭 한 가득 자리를 잡고선 제 차례가 올 때까지 잠시 쉬고 있다. 그렇게 대기 중인 책들을 보고 있으면 하루라도 더 빨리빨리 작업을 해야만 할 것 같은 조바심이 반, 그만큼 또 어떤 다정한 책들을, 귀한 시간의 흔적들을 담고 있는 책들을 만나게 될지 설레는 마음이 반이다.

책의 마지막을 어떤 이야기로 매듭지어야 할까, 원고를 준비하는 내내 고민이 많았다. 책 수선이라는 일이 망가졌거나 수명이 다해가는 책의 시간을 연장해주고 앞으로 다가올 세월 속에서 그 책의 기억을 다시 한 번 되살리는 일인 만큼 어쩌면 수선이 이미 완료된 책보다는 조만간, 조금은 나중에, 언젠가는 수선을 받게 될 책들을 소개하며 이 책을 끝맺으려 한다.

내일의 책

추위를 싫어한 펭귄

이흥우 지음, 계몽사, 1980

본인의 소중한 추억이나 기억이 담겨 있는 책들을 의뢰하는 분들은 수선이 완료된 책을 다시 만났을 때 그 책에 얽힌 어릴 적 추억이나 사람과의 기억이 다시 생생히 살아난 것 같아 반갑기도, 때론 그립기도 하다고 말씀하신다.

그런데 사실 그런 기분을 느끼는 건 책 주인뿐만이 아니다. 그렇게 고쳐진 책의 모습과 선명해진 기억은 일렁이는 파도를 타고 수선가인 나에게도, 또 그 책을 온라인에서 사진으로만 접하는 사람들에게까지도 가닿는다. 그 파도는 우리가 잊고 지냈던 오래되고 소중한 기억들을 건드린다. 무뎌진 감각들을 깨운다.

이 책이 의뢰로 들어왔을 때 의뢰인이 봉투에서 책을 꺼내시며 '파블로'라는 이름을 말하셨는데, 그걸 듣는 순간 내 머릿속에서는 '설마 내가 아는 그 파블로인가? 혹시 조각난 얼음 위에서 발을 동동 구르던 그 파블로인가? 혹시 따뜻한 걸 좋아하는 우리의 펭귄 친구, 그 파블로인가?' 심장이 쿵쾅쿵쾅 뛰기 시작했다.

의뢰인이 가져온 봉투에서 파란색 표지 속 파블로의 모

습이 보이기 시작했을 때 너무나 반가운 마음에 나도 모르게 그 자리에서 돌고래 비명을 질렀다. 인생을 통틀어서 내가 가장 좋아하는 책, 복간이 될 거라는 소식을 듣자마자 부리나케 예약까지 해가며 다시 장만한 책, 바로 〈디즈니 그림 명작〉 중 《추위를 싫어한 펭귄》의 파블로였다. 의뢰 상담은 잠시 잊고 책 표지를 한참 쓰다듬으며 잠깐 책 구석구석 구경을 해도 되겠냐고 먼저 양해를 구했을 정도로 정말 반가웠다.

책 수선을 하면서 많은 책들을 만나게 되지만 그중에서도 동화책은 유난히 특별하다. 어릴 땐 닳고 닳도록 읽다가 커가면서는 대부분 잊고 지내고, 그러다가도 우연히 다시 마주했을 때 기억들이 그렇게나 선명하게 되돌아오니 말이다. 내가 대학생이었을 때까지만 해도 이 책은 나의 고향집 방에 계속 남아 있었다. 그러다 어느 날 부모님께서 짐 정리를 하다 〈디즈니 그림 명작〉 시리즈를 통째로 성당 바자회에 보냈다는 사실을 알게 되었다. 그 소식을 듣고 내심 속이 많이 상했지만, 책이 필요한 다른 어린이들에게 또 한 번 좋은 추억이 되어주러 갔다는 걸 위안으로 삼았다.

그런데 이 모든 기억들이 의뢰인이 들고 온 책을 보는 순간 되살아났다. 추위를 싫어한 펭귄 파블로가 따뜻하게 불을

지피다 그만 간당간당하게 남아버린 얼음 조각 위에서 불안해하는 장면을 보면서 덩달아 나도 집 안 곳곳의 가구들이 얼음덩어리라 생각하고 올라가 아슬아슬 스릴을 즐기던 기억, 손끝에 아직도 남아 있는 종이의 두께감과 어딘가 살짝 거칠었던 종이 표면의 감촉들까지.

너무 반가운 마음에 그날은 내가 제일 좋아하는 책이 의뢰로 들어왔다며 SNS에 자랑까지 했었다. 그런데 더욱 놀라웠던 건, 그 후 이 책을 향한 너무나 많은 사람들의 추억과 사랑 이야기들이 되돌아왔다는 거다.

꼭 《추위를 싫어한 펭귄》뿐만 아니라 〈디즈니 그림 명작〉 중 본인이 가장 좋아했던 다른 책에 관한 이야기들까지, 《추위를 싫어한 펭귄》으로 시작되었지만 그 물결이 넘실넘실 넘어 어느새 사람들이 본인이 어릴 적 가장 좋아했던 동화책 이야기들을 즐겁게 하고 있는 걸 보며, 책 수선은 어쩌면 그 책과 주인만을 위한 일이 아니라 책 수선가와 더 많은 사람들을 위한 이야기가 될 수 있겠다는 생각이 들었다. 그런 생각이 지금 내가 이 책을 쓸 수 있도록 도와준 용기이기도 하고.

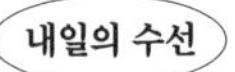

굿즈

재영 책수선은 앞서 소개한 책갈피나 액자처럼 책뿐만이 아니라 다양한 지류도 함께 작업하고 있다. 사진, 그림, 엽서, 편지지와 같은 물품이 의뢰로 들어오는 경우도 생각보다 잦다. 그중에서도 빈도가 높은 부류의 물건들이 바로 '굿즈'다.

비록 나는 요즘 인기가 많은 배우나 가수는 잘 모르지만 그 어느 때보다 케이팝의 영향력이 국제적으로 크다는 것, 그리고 그만큼 '굿즈'가 많이 만들어지고 있다는 것 정도는 알고 있다. 그리고 그 굿즈가 팬들에게는 얼마나 소중한 물건인지도.

본인이 좋아하는 연예인의 굿즈가 파손이 되어 의뢰를 하는 경우는 대부분 상담 미팅을 하러 와서 물건을 꺼내는 모습만 보아도 그분에게 얼마나 소중한 물건인지 쉽게 느낄 수 있다. 몇 겹이고 꽁꽁 감싸 안전하게 포장을 해온 모습과 행여 어디라도 흠집이 날까 조심조심 건네는 손길에는 굿즈를 향한 온 마음과 정성이 담겨 있다. 가장 많이 들어오는 굿즈 종류는 아이돌의 포토카드나 바인더, 또 좋아하는 연예인의 사인이 담긴 포스터나 책, LP 케이스 같은 물건들이다.

앞으로 종이책이 사라질지도 모르는데 책 수선 일은 전망이 괜찮겠냐고 걱정하는 사람들에게 가끔은 이렇게 대답하고 싶다. 종이책이 (혹시나 정말로) 사라진다면, 그럼 나는 그땐 굿즈를 수선해보겠다고. 종이 굿즈 전문 수선가가 되는 것도 좋을 것 같다고. 소중함을 다루는 의미에서 책과 굿즈, 그 둘은 조금도 다르지 않다고.

내일의 책

빨강머리 앤

루시드 몽고메리 지음, 육민사/창조사, 1963

나의 첫 '빨강머리 앤'은 어릴 때 보았던 지브리 스튜디오의 애니메이션이다. 책으로 읽은 건 그보다 한참 지난 후였는데, 애니메이션의 이미지가 워낙 강렬했던 탓에 누가 '빨강머리 앤'이라고 하면 언제나 지브리 특유의 그림체로 그려진 앤의 모습이 제일 먼저 떠올랐다.

하지만 이 의뢰를 만난 후부터는 이 책들이 지브리의 기억을 말끔히 덮어주었다. 도대체 앤과 무슨 관계가 있는 건지 잘 모르겠지만 어쨌든 눈에는 쏙 들어오는 빨간 우산이 표지와 책등에 인쇄된, 이 빛바랜 종이의 오래된 책들이.

이 여섯 권의 책을 맡기신 의뢰인은《빨강머리 앤》의 저자 루시 모드 몽고메리의 열성팬이다. 그가 집필한 다양한 책들을 수집하시는데 이 〈빨강머리 앤 시리즈〉도 그중 일부다. 이 책들은 1963년 육민사에서 낸 국내 최초의《빨강머리 앤》번역본 1권(앤의 청춘)과 이후 육민사가 창조사에 인수된 후 이어서 출판된 시리즈(전 5권)다. 번역자로 작년에 타계하신 신지식 선생님의 성함이 적혀 있는 것도 많은 분들에게 반가운 부분일 것 같다.

의뢰인이 처음 작업실을 방문하셨을 땐 창조사에서 출판된 1~4권뿐이었다. 희귀서적들인 만큼 원본의 모습을 최대한 해치지 않는 선에서 보완을 하고 앞으로 안전하게 보관할 수 있도록 개별 케이스를 제작하는 쪽으로 일단 전체적인 수선 방향을 잡았다. 그런데 자꾸만 이대로 진행하기엔 시리즈에서 빠진 마지막 한 권(5권) 생각에 아쉬운 마음이 들었다. '그 마지막 5권이 있다면 이 귀한 책들을 좀 더 완벽한 한 세트로 작업을 할 수 있을 텐데' 그런 생각이 자꾸 맴돌았다.

그렇게 미팅을 끝내고 한 달 쯤 지났을까, 의뢰인이 방방곡곡을 뒤져 빠져 있던 마지막 5권뿐만 아니라 육민사에서 출간된 최초의 번역본 1권까지 수집했다는 연락을 주셨다. 세상에! 그 연락을 받는데 내가 다 기뻐서 모니터를 앞에 두고 절로 박수가 쳐졌다.

비록 그러면서 지연이 생기고 다른 작업과 뒤엉켜버려 일정이 뒤로 많이 밀려버리긴 했지만(정말 일정이 너무 많이 늦어졌는데, 되려 매번 먼저 양해를 해주시는 의뢰인에게 많이 죄송하고 또 많이 감사하다.) 그래도 이렇게 귀한 책을 온전한 한 세트로 작업할 수 있게 되다니 정말 다행이다. 만약 내가 책 수선가가 되지 않았다면 나는 살면서 이 〈빨강머리 앤〉 시리즈를 만날 수 있었을까? 계속해서 지브리 스튜디오의 앤만 기억하며 살지 않았을까?

어쩌면 평생 접해보지 못했을 귀한 책들을 책에 진심인 의뢰인들 덕분에 나는 이렇게 매번 쉬이 가까이서 만난다. 어디 그뿐인가? 심지어 구석구석 뜯어보고 들여다보고 맘껏 만지고 넘겨볼 수도 있는걸. 나는 책 수선가이기에 누릴 수 있는 이 즐거움이 내 삶에서 오래오래 이어졌으면 좋겠다. 종이책은 영원히 사라지지 않고 책 수선가는 점점 더 많아져서 훨씬 더 많은 책들이 오랫동안 튼튼한 기억을 가질 수 있게 되면 좋겠다. 그렇게 책 수선이 우리의 일상과 보다 가까운 일이 된다면 참 좋겠다.

망가진 책에 담긴 기억을 되살리는

어느 책 수선가의 기록

초판 1쇄 발행 2021년 11월 24일 **초판 5쇄 발행** 2024년 11월 27일

지은이 재영 책수선
펴낸이 최순영

출판1 본부장 한수미
컬처 팀장 박혜미
편집 박인애
디자인 이지선
본문 일러스트 이송희

펴낸곳 (주)위즈덤하우스 **출판등록** 2000년 5월 23일 제13-1071호
주소 서울특별시 마포구 양화로 19 합정오피스빌딩 17층
전화 02) 2179-5600 **홈페이지** www.wisdomhouse.co.kr

ISBN 979-11-6812-071-6 03810

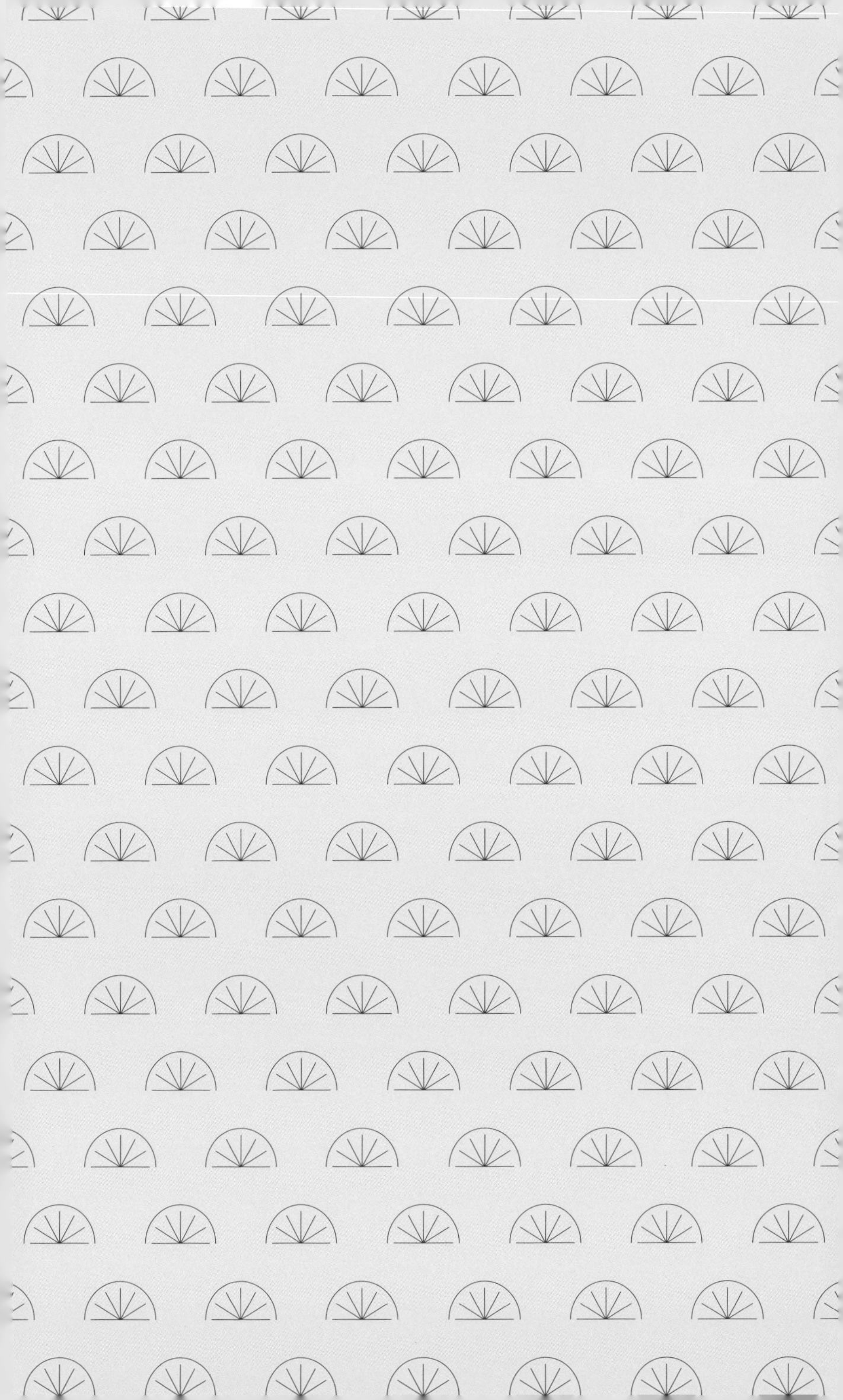